Flynn Todd

BLACKFIN BOYS

ZOMBIES AM TOTEN FLUSS

Das 3. Abenteuer

flynntodd.de blackfinboys.com

BESTEN DANK AN

Kanut Kirches

für Lektorat, Korrektorat und Beratung.
www.lektorat-kanut-kirches.de

Swen Marcel Illustration

für das mega-geile Cover.
Besuchen Sie auch www.swenmarcel.de

Sarah Riesz (personal assistant office)
für die freundliche Genehmigung der Textzeilen zu
„We Can Move A Mountain" von Fancy.
fancy-online.com / fancy-art.com

AIDA (Team Customer Relations)
für die Berechnung einer speziellen See-Route.
www.aida.de

D1719872

FLYNN TODD's

BLACKFIN BOYS

ZOMBIES AM TOTEN FLUSS

Das 3. Abenteuer

Fantastischer und paranormaler Abenteuer-Roman.

Die Blackfin Boys sind:

Toby, 19 Jahre / **Roland**, 18 Jahre / **Mark**, 16 Jahre
Julius, 17 Jahre / und **Stiles**, der Rottweiler

UM ALLE NEBENGESCHICHTEN ZU VERFOLGEN,
EMPFIEHLT ES SICH, DIE BÄNDE IN DER RICHTIGEN
REIHENFOLGE ZU LESEN.

Bibliografische Information der Deutschen Nationalbibliothek:
Die Deutsche Nationalbibliothek verzeichnet diese Publikation
in der Deutschen Nationalbibliografie; detaillierte bibliografische Daten sind im Internet über http://dnb.dnb.de abrufbar.

Die automatisierte Analyse des Werkes, um daraus
Informationen insbesondere über Muster, Trends und
Korrelationen gemäß §44b UrhG („Text und Data Mining")
zu gewinnen, ist untersagt.

Lektorat & Korrektorat: Kanut Kirches
Cover: Swen Marcel Illustration

SPECTRAL Font © 2017 The Spectral Project Authors:
http://github.com/productiontype/spectral
MAITREE Font © 2015 Cadson Demak
BENGUIAT Font © Ed Benguiat
EDO Font © Vic Fieger

Herstellung und Verlag: BoD – Books on Demand, Norderstedt

ISBN: 9783758324802

Inhaltsverzeichnis

KAPITEL 1 – ZURÜCK IN DIE GEGENWART

Geschockt und verwirrt sahen die Jungs den Soldaten an. Auf seine Frage wollte keiner so recht antworten. Die Angst, etwas Falsches zu sagen, stand eindeutig im Vordergrund. Außerdem wusste keiner, ob es sich bei dem Bewaffneten um einen Feind oder Freund handeln würde. Toby versuchte dennoch, auf die Frage, wo sie denn herkommen, zu reagieren.

„Also ich, wir, äh ...“

„Wie auch immer", unterbrach der Soldat. „Geht zum nächsten Fahrstuhl und fahrt nach oben, wo auch die anderen sind. Ihr kommt sicherlich alleine klar, ich muss weiter. Vielleicht gibt es hier noch mehr Überlebende." So schnell wie der Soldat aufgetaucht war, verschwand er auch wieder und ließ die leicht verwirrten Jungs zurück.

„Seit wann fährt der Fahrstuhl an die Oberfläche? Bisher konnte man die Unterwasserstation doch nur über die Schleuse tief unten im Meer erreichen", dachte Julius laut.

„Also die Uniform des Soldaten war relativ modern, genau wie seine Waffe. Sein Abzeichen war von der US Navy. Ein gutes Zeichen. Und das bedeutet, wir befinden uns in unserer alten Zeit", meinte Toby.

„Dann lasst uns zum Fahrstuhl", drängelte Mark. „Soweit ich mich erinnern kann, ist doch einer gleich hier um die

Ecke. Roland, alles klar? Sieht aus, als ob du Schmerzen hättest."

„Schon gut, mein Schädel brummt wie Sau."

Als die fünf den Fahrstuhl betraten, machten sie eine ungewöhnliche Feststellung. Das Steuerpult war verändert worden – jemand hatte behelfsmäßig einen weiteren Knopf angebaut. Beschriftet war dieser mit einem dicken schwarzen Filzer. *Ausgang* stand demnach nun auch zur Auswahl. Julius betätigte diesen Knopf. Die Türen schlossen sich und die Fahrt startete langsam Richtung Oberfläche.

„Ist schon komisch, wieder hier zu sein. Ich fühle mich auf einmal, ja, wie denn? Verletzlich, und ausgeliefert, würde ich sagen."

„Mach dir mal keinen Kopf, Julius, wir werden hier wohl nicht lange bleiben. Freu dich lieber auf dein neues Leben", sagte Roland beruhigend und kniff Julius kurz in seine rechte Schulter. Roland tat dies immer, wenn er jemanden eigentlich gern in den Arm nehmen würde. Diese Art war aber einfach cooler.

Der Fahrstuhl bremste abrupt ab und fuhr langsamer. Laute Knallgeräusche ließen vermuten, dass sich der Schacht verzogen hatte und Metall auf Metall traf. Nach einem kurzen Ruckeln öffnete sich die Fahrstuhltür. Tatsächlich hielt die Kabine direkt am Strand der Insel, ganz in der Nähe der Rampe, auf der sie schon einige Male mit dem Amphibienfahrzeug ins Meer getaucht waren.

„Alter Schwede, seht euch das an", staunte Toby. „Die US Navy war aber fleißig. Wie viele Zelte sind denn das hier? Und dann diese ganzen Menschen, die aufgeregt hin und her laufen – Wahnsinn."

„Guckt mal, wie die den Fahrstuhlschacht verlängert haben. Einfach einen Haufen Ziegelsteine vermauert. Na ja, scheint ja zu halten. Ein bisschen krumm und schief, deswegen hat es während der Fahrt auch so komische Geräusche gegeben", meinte Roland.

Julius war mit seinen Gedanken ganz woanders:

„Ich hatte schon ganz vergessen, wie schön es hier eigentlich ist. Diese warme Luft, der angenehme Geruch des Wassers, der tiefblaue Himmel ohne ein Wölkchen ..."

„... und ein Massenmörder, der auch dich umgebracht hätte", vervollständigte Toby.

„Stiles, warte!", rief Mark. „Da rennt der doch gleich wieder ins Wasser, der Schlingel."

„Ja toll, wo sollen wir denn jetzt hingehen?", fragte Roland und sah sich um, während er sich unbewusst am Hinterkopf kratzte.

Bevor einer seiner Freunde die Frage beantworten konnte, sahen sie William Blake, der mit einem freundlichen Lächeln auf sie zukam. Er trug einen weißen Kittel.

„Ich wusste, dass ihr zurückkommen würdet."

„Woher das?", fragte Toby.

„Vor ein paar Minuten gab es einen kurzen Schauer. Es regnete heiße Tropfen. Das passiert jedes Mal, wenn in der Nähe ein Zeitsprung stattfindet."

Roland erinnerte sich: „Moment mal – als wir damals auf die Insel kamen, hat es auch so einen heißen Schauer gegeben."

„Richtig, das war mein Sohn, der mit der Maschine experimentierte. Aber nun was anderes: Ihr wollt doch sicherlich nach Hause. Ich werde das veranlassen."

Der alte Blake führte die Jungs durch die Wirren des Zeltlagers. Das US-Militär hatte hunderte von Unterbringungen auf der Insel errichtet. Während der Führung erklärte Blake, was all dies zu bedeuten hatte.

„Genau einen Tag nach eurer Abwesenheit hat das Militär Wind von der Insel bekommen. Durch die Überflutung der Unterwasserstation wurde der Störsender außer Kraft gesetzt. Dadurch war die Insel auf allen Radaren auf einmal sichtbar. Außerdem strahlte die ganze Elektronik so starke Wellen aus, dass sämtliche Satelliten Alarm schlugen. Das weckte natürlich Interesse.

Alle Mitarbeiter meines Sohnes konnten gerettet werden. Die US Navy rückte mit einem Flugzeugträger an. Dann verlegten sie in der Unterwasserstation Rohre und pumpten das Wasser wieder zurück ins Meer. Übrigens konnten sie die Schleuse schließen und komplett abdichten. Das war eine Meisterleistung.

Nun gut, ich hätte da noch zwei Dinge, die ich mit euch besprechen wollen würde. Was ist aus meinem Sohn geworden?"

Toby übernahm die schwere Aufgabe, Blake die Todesnachricht zu überbringen: „Wir sind alle zusammen in Ihrer Maschine gelandet, und es gab auch ein paar Handgreiflichkeiten. Als wir dann in eine andere Zeit und in einen anderen Raum geschleudert wurden, hat es ihn erwischt. Genau an dem Punkt, an den Ihr Sohn teleportiert wurde, stand ein Baum. Beide sind miteinander verschmolzen. Er war sofort tot."

Blake schloss kurz seine Augen und senkte seinen Kopf.

„So was in der Art dachte ich mir schon."

„Er war ein Monster", sagte Julius energisch. „Und du weißt das. Auch wenn er dein Sohn war, da gibt es wohl keinen Grund, zu trauern."

„Wahrscheinlich hast du recht, Julius. Übrigens, wie seid ihr zurechtgekommen – im Jahr 1941?"

Die Jungs staunten und sahen sich aufgeregt gegenseitig an. Mit ihren Blicken verständigten sie sich wortlos. Ein Wort stand ihnen allen im Gesicht: *Woher?* Blake antwortete auf die unausgesprochene Frage mit einem Foto, das er aus der Innentasche seines weißen Kittels zog. Er hielt es explizit Roland vor die Nase.

„Das bin ich mit Elsa! Woher hast du das Bild? Mark hat das doch erst vor ein paar Tagen aufgenommen?!"

„Ich habe das Bild von meiner Mutter bekommen als ich sechs Jahre alt war. Das war 1947. Sie sagte, das wäre ihr

Lieblingsbild von ihr, zusammen mit meinem Vater."

Roland stockte der Atem. Er bekam einen hochroten Kopf und seine Augen wurden glasig. Seine Hände, die das Schwarz-Weiß-Foto festhielten, begannen zu zittern. Leise und schüchtern fasste er das Wesentliche zusammen: „Also ist Elsa von mir schwanger geworden, und du bist mein Sohn – William Blake, der wiederum der Vater von Maurice Blake ist. Sehe ich das richtig?"

Zaghaft umarmte der alte Blake seinen Vater. Roland erwiderte den Körperkontakt zögerlich. Die Jungs beobachteten die Szenerie fassungslos. Dann begannen Roland und Blake bitterlich zu weinen und lagen sich in den Armen. Toby sagte leise: „Lasst uns mal ein paar Meter weiter gehen, ich glaube, die brauchen erst mal etwas Privatsphäre."

„Ich verstehe nicht ganz, wie Blake das Foto haben kann", rätselte Julius.

Mark wusste natürlich die Antwort: „Als wir uns im Jahr 41 befanden, habe ich vier Filme verschossen. Die wollte ich alle in unsere Zeit mitnehmen, aber aus irgendeinem Grund befanden sich nur drei Filme in meiner Tasche. Das bemerkte ich erst auf Burg Adeptus. Der Film muss mir im U-Boot herausgefallen sein. Elsa hat ihn wohl entwickeln lassen. Und so kam sie an die Bilder."

Roland und Blake beruhigten sich nach ein paar Minuten. Die beiden sprachen sich aus und Blake erklärte, warum er sich nicht schon beim ersten Zusammentreffen als Sohn ausgegeben hatte. Zum einen hätte Roland diese Geschichte niemals geglaubt, und zum anderen würde Blake gar nicht existieren, wenn Roland nicht im Jahr 1941 ein Kind mit Elsa gezeugt hätte.

Blake brachte seinen Vater *Roland* und die Jungs zu einem kleinen Motorboot. Stiles hatte so eine Ahnung, was passieren würde, also nahm er den besten Platz für sich in Anspruch. Der Soldat, der das motorisierte Schlauchboot steuerte, konnte sich das Lachen nicht verkneifen und begrüßte den freundlichen Rottweiler mit einem *Na, du?!*

„Der Fahrer wird euch zum Flugzeugträger bringen, von da aus werdet ihr dann alle nach Hause geflogen. Jetzt heißt es Lebewohl, liebe Freunde. Ich habe Roland ja schon gesagt, dass ich ein gutes Angebot der US Navy erhalten habe, die ganzen Geheimnisse auf der Insel aufzuklären. Mein Platz ist vorerst hier. Immerhin habe ich hier einen Großteil meines Lebens verbracht."

Die Jungs gaben Blake respektvoll die Hand zum Abschied und wünschten ihm alles Gute. Sie konnten immer noch nicht fassen, dass dieser alte Mann Rolands Sohn sein sollte. Immer wieder senkten sie ihre Köpfe, um den Blickkontakt mit Blake zu vermeiden. Roland machte wie immer Nägel mit Köpfen. Er stellte seinem Sohn eine Frage, deren Antwort er längst kannte: „Sehen wir uns noch einmal wieder?"

Blake schüttelte seinen Kopf und schloss für einen kurzen Moment seine Augen. Dann gab er dem Fahrer ein Handzeichen – das Schlauchboot fuhr los. Roland war völlig durcheinander.

Was ist da eben passiert? Vor ein paar Minuten habe ich erfahren, dass ich einen Opa als Sohn habe. Ich bin der Vater eines Kindes. Elsa ist die Mutter. Aber was ist aus ihr geworden? Wieso sehen mich die Jungs so komisch an?

„Ist was?"

„Geht es dir gut, Roland?", fragte Toby vorsichtig.

„Ja, es geht schon. Ist natürlich harter Tobak. Ich weiß nicht, was ich von der ganzen Sache halten soll. Ich muss das erst mal verdauen. Wenn ihr mir einen Gefallen tun wollt, labert einfach über irgendetwas. Ich brauche Ablenkung."

Die Jungs waren aber so kaputt und ausgebrannt, dass keiner auch nur ein einziges Wort von sich gab. Wie hypnotisiert starrten sie auf den überdimensionalen Flugzeugträger der US Navy, dem sie sich zügig näherten. Der Fahrer des Schlauchbootes hatte es anscheinend ziemlich eilig. Am

Heck des Schiffes wurde eine Laderampe heruntergelassen, die genau auf der Höhe des Wasserspiegels ausgerichtet war. Mit etwas Anschwung fuhr das kleine Gummiboot direkt auf die Rampe in den Laderaum.

Die Jungs und der Hund wurden in ein Quartier mit vier Betten geführt. Kein Mensch stellte ihnen Fragen bezüglich der Unterwasserstation oder der Insel, denn man nahm an, dass die vier zum Personal von Maurice Blake gehörten. Und das hatte man in der letzten Woche bereits ausführlich befragt. Dann, im Quartier, das gerade mal acht Quadratmeter groß war, passierte etwas Neues. Etwas, das die Jungs noch nicht kannten.

„Fällt euch was auf, Leute?", fragte Toby.

„Du meinst, dass es hier so ruhig ist?", fragte Julius.

Roland haute sich auf eines der unteren Betten und wollte einfach nur schlafen: „Erzähl schon, Alter. Ich penn eh gleich ein."

„Ich meine die Situation. Es ist das erste Mal, dass wir in totaler Sicherheit sind, seit wir uns kennen."

„Stimmt", meinte Mark. „Nach all dem ganzen Mist, den wir hinter uns haben, kann man nun beruhigt sagen, wir haben es geschafft. Seht mal, Stiles pennt schon, der ist auch geschafft. Und Roland schnarcht, na super."

Obwohl es taghell war, bevorzugten es die Jungs, die Nachtruhe um ein paar Stunden vorzuziehen. Die Strapazen der letzten Wochen ließen sie ganze zweiundzwanzig Stunden schlafen. Der nächste Tag war von der US Navy bestens organisiert – alle vier wurden in ihre Heimatländer geflogen. Roland und Julius nach Berlin, Toby nach Los Angeles und Mark mit Stiles nach Phoenix im US-Bundesstaat Arizona. Natürlich tauschten sie vorher alle möglichen Kontaktdaten aus. Handy, E-Mail, Facebook, Twitter und Instagram-Accounts wurden genauso ausgetauscht wie die Adressen, und natürlich die Geburtstage. Auf keinen Fall wollte man sich aus den Augen verlieren.

KAPITEL 2 – ALTE FREUNDE, NEUE PLÄNE

Ein ganzer Monat war vergangen. Julius hatte sich bestens in seinem neuen Zuhause bei Roland und dessen Mutter Lisa eingelebt. Sogar ein eigenes Zimmer hatte er bekommen, das praktischerweise genau neben Rolands lag. Lisa stand nach der Scheidung von ihrem Ehemann finanziell gut da. Deswegen war es für sie ein Leichtes, Roland bei seiner Rückkehr einen nagelneuen Land-Rover-Geländewagen zu kaufen, mit dem sie ihren geliebten Sohn einfach nur verwöhnen wollte. Julius bekam von Lisa eine American-Express-Karte überreicht. Eintausend Euro dürfe er im Monat ausgeben, bis er einen Job gefunden habe, meinte sie.

Das übergroße Haus mit Swimmingpool und großem Garten wurde täglich von zwei Bediensteten in Schuss gehalten. Der finanziellen Unabhängigkeit seiner Mutter hatte Roland es zu verdanken, dass er sich von seinem Job in der Rehabilitationsklinik ein halbes Jahr unbezahlt freistellen lassen konnte. Er wollte die nächsten Wochen einfach nur genießen und Julius die schönsten Flecken von Berlin zeigen. Aber vor allem wollte Roland seinem Freund beibringen, wie man als Teenager *richtig* lebt. Das hatte Julius durch die Jahre auf Blakes Insel längst verlernt. Die beiden verbrachten jede Minute miteinander und genossen das in vollen Zügen. Völlig unbeschwert, und nicht von unerwarteten Gefahren bedroht, kamen sie erschöpft vom Tretbootfahren am späten

Nachmittag zurück in ihr Haus.

Als Roland seinen iMac hochfuhr, weil er mit Julius Konzertkarten für die Popgruppen *Von wegen Lisbeth* und *Kraftklub* bestellen wollte, meldete sich die App Facetime auf dem Bildschirm. Es war ein Anruf von Toby, dessen Livebild auf dem Monitor zu sehen war. Roland und Julius waren so voller Freude, dass sie Toby gleichzeitig begrüßten.

„Ich freue mich auch, euch zu sehen. Ihr habt euch ja gar nicht verändert – immer noch die gleichen Pappnasen wie früher", meinte Toby mit einem Grinsen.

„Klar, dass du so eine große Klappe hast, bist ja auch in deinem Amerika in sicherer Entfernung, mein Freund", konterte Roland.

„Sag mal, Julius, kümmert sich der Roland denn ordentlich um dich?"

„Klar macht er das, ich bekomme etwas Wasser, manchmal auch Brot, und darf im Haus schlafen – zumindest wenn es draußen kalt ist."

Roland nahm Julius in den Schwitzkasten und biss Julius mit leichtem Druck in sein Genick, sodass dieser kurz aufschrie. Tobys Blick verriet, dass er gleich einen sarkastischen Kommentar ablassen würde: „Na, ihr versteht euch ja blendend. Soll ich lieber später noch mal anrufen?"

„Nein, brauchst du nicht, Toby. Erzähl mal, was treibst du so im sonnigen Los Angeles?", fragte Roland.

Toby machte es spannend:

„Na ja, wie soll ich sagen? Ich habe hier zwei Typen, die euch auch sehen wollen."

„Ach ja? Wer denn?" fragte Julius.

Toby drehte grinsend seinen Monitor ein klein wenig herum, ganz langsam – und dann mit einem Ruck waren Mark und Stiles im Bild zu sehen. Roland und Julius flippten aus. Die Freude war so groß, dass sie aufsprangen und in die Hände klatschten.

„Hey Kleiner, hatte schon ganz vergessen, wie du aussiehst! Lass dich mal drücken – scheiße, geht ja nicht."

„Toll, euch alle wieder zu sehen. Hat Stiles etwa zugenommen? Hast ihn wahrscheinlich ohne Ende verwöhnt, was, Mark?", meinte Julius augenzwinkernd.

„Nee, der hat ein ganz normales Gewicht. Ich habe übrigens die Bilder entwickeln lassen. Wir sollten sie uns mal ansehen."

„Hast du die nicht eingescannt? Dann schick sie doch rüber!", schlug Roland vor.

„Och nö. Ich würde vorschlagen, ihr kommt rüber, und wir sehen sie uns zusammen an. Ich habe extra im Labor Papierabzüge machen lassen."

„Weißt du, wie viel das kostet, Alter?", fragte Julius.

Toby wedelte vor dem Bildschirm mit zwei Umschlägen herum. Dabei strahlte er bis über beide Ohren. Mark zeigte mit seinen Händen auf die geheimnisvollen Papiere, als würde er sie in einem Shoppingkanal anpreisen wollen.

„Nun sagt schon!", drängelte Roland.

„Es ist eigentlich ganz einfach", erklärte Toby seelenruhig. „Mark und ich haben die Goldmünzen, die damals in Palästina, also im heutigen Israel, in unseren Reisekoffern steckten, mitgenommen und verkauft. Und mit dieser Kohle laden wir euch ein, liebe Freunde, nach L.A. zu kommen, um einen kleinen Autotrip durch Südamerika zu machen. Mark ist gestern mit Stiles aus Phoenix zu mir geflogen – jetzt seid ihr dran! Und *das* hier sind die Flugtickets. Ich schicke euch gleich den Link, dann könnt ihr sie ausdrucken."

Roland und Julius waren von Tobys und Marks Spontanität so überrumpelt, dass sie zunächst nur mit sinnlosem Gestammel reagieren konnten, das Toby aber sofort auf sarkastische Weise unterbrach:

„Äh, ich, wir, öhm – packt eure Zahnbürsten ein und was ihr so braucht und bewegt eure Knackärsche gefälligst auf den entsprechenden Kontinent. Und denkt an eure Reisepässe. Ich gehe jetzt mit Mark und Stiles runter zum Strand.

Ende.“

„Da schaltet der einfach ab. Was meinst du dazu, Julius?“

„Ich finde, wir haben wirklich Knackärsche! Nein, jetzt mal im Ernst – ich find die Idee super. Ich brauche nur einen Reisepass, den habe ich nicht. Auf der Insel war so was nicht nötig.“

„Lass uns am besten gleich morgen früh zum Einwohnermeldeamt gehen, wir beantragen für dich einen vorläufigen.“

„Und was machen wir mit den Konzertkarten? Ich hätte die beiden Bands ja gern gesehen.“

„Die Karten buchen wir später. Die Konzerte sind eh erst in drei Monaten, so lange werden wir wohl nicht bleiben. Warte, da kommt der Link per E-Mail. Mal sehen, was der Spaß kostet. Na geht eigentlich, 528,- Euro pro Person, und sogar mit Lufthansa. Das ist ein echtes Angebot. Flugzeit vierzehn Stunden über Frankfurt am Main. Coole Sache!“

„Ist doch egal, wie teuer das ist, wir sind doch eingeladen“, grinste Julius. „Aber ganz schön gerissen von den beiden, die Goldmünzen einfach mitzunehmen.“

Aufgeregt packten die Jungs ihre Koffer. T-Shirts, kurze Hosen, und ein paar kurzärmlige Hemden – mehr brauchten sie ja wahrscheinlich nicht.

Der nächste Tag schien überhaupt nicht vorüber zu gehen. Der Flug ging erst um 18:00 Uhr, aber bereits um 7:00 Uhr wurden die beiden wach, denn die Aufregung war einfach zu groß. Um den Tag schneller vergehen zu lassen, beschlossen die Jungs, in der Berliner Innenstadt ein wenig Geld auszugeben. Julius war bisher mit seiner Kreditkarte überaus sparsam gewesen. Seine monatliche Abrechnung betrug nie mehr als zweihundert Euro, also nur einen Bruchteil von dem, was er ausgeben konnte. Roland überredete ihn, heute mal nicht allzu sehr auf die Preise zu sehen.

Zuerst gingen die beiden in einen Uhren-Shop. Roland wollte schon immer diese eine Armbanduhr haben. Als die Jungs den Laden betraten, fragte Roland gleich den Verkäufer um Hilfe:

„Hallo, ich suche eine Casio-Uhr, die genaue Bezeichnung lautet *Mudmuster GWG-1000*. Haben Sie die?"

Der Verkäufer öffnete eine Schublade und präsentierte mit einem Lächeln die hochwertige Uhr. Dieser Chronograph entsprach genau Rolands Vorstellungen. Wasserdicht, robust, eingebauter Kompass, Solarbetrieb, Funksignalempfang, Höhenmesser, Barometer, Thermometer und viele Funktionen, die im Outdoorbereich von Nutzen sind. Nachdem Roland den Verkäufer gebeten hatte, die Uhr einzupacken, wurde Julius' Blick immer aufgeregter. Roland bemerkte das.

„So wie du schaust, hättest du auch gern so eine Uhr, oder, Julius?"

„Ja, ich finde sie völlig cool. Aber siebenhundert Euro sind ganz schön teuer. Okay, deine Mutter meinte ja, ich darf 1000 Euro im Monat ausgeben. Habe ich noch nie gemacht. Also, ich nehme *auch* eine."

„Hm, meinst du, Toby und Mark würden auch Gefallen an dieser Uhr finden? Warte mal kurz, ich gehen mal vor die Tür, um zu telefonieren."

Während Roland ein Telefongespräch führte, packte der Verkäufer die beiden Uhren ein, und präsentierte die Rechnung. Das Gespräch dauerte nicht lange. Auf jeden Fall förderte es Rolands Laune erheblich.

„Okay, guter Mann, wir nehmen insgesamt vier. Können Sie die einpacken, bitte?"

Auf dem Nachhauseweg erklärte Roland Julius, wie es dazu gekommen war. Er hatte seine Mutter angerufen, die sich gerade in Monaco befand. Roland erklärte, dass er und Julius eingeladen wurden, in die USA zu fliegen, und er als freundliche Geste die Uhren verschenken wollte. Seine Mutter hatte zugestimmt. Und das war auch erforderlich, denn der Betrag wurde immerhin von ihrem Kartenkonto abgebucht, über das Roland und Julius mit Zusatzkarten verfügen konnten – solange es im Rahmen blieb.

Die zwei Jungs legten ihre Uhren gleich an und fuhren mit dem Taxi zum nächstgelegenen Gewässer. Zwei Stunden Tretbootfahren sollten dazu beitragen, den Tag noch schneller vorbei gehen zu lassen. Aus den zwei Stunde wurden schließlich vier. Die beiden liebten das Wasser und die frische Luft, die sanft über die Wasseroberfläche wehte. In den letzten Monaten hatten sie etliche Kilometer auf dem Wasser zurückgelegt.

Endlich war es so weit. Die beiden saßen im Flieger und warteten ungeduldig auf den Abflug. Sie rechneten aus, dass sie gegen acht Uhr am nächsten Morgen in Los Angeles landen würden. Dann wären sie genau vierzehn Stunden unterwegs. Weil die Nacht quasi vor ihnen lag, bestellten sich die beiden ein paar alkoholische Getränke. Insgesamt machten sie sechs Bloody Marys nieder. Das Wodka-Tomatensaft-Gemisch trug dazu bei, die ganze Nacht durchzuschlafen. Gegen 3:00 Uhr morgens wachte Julius auf. Da er Roland hatte überreden können, ihm den Fensterplatz zu überlassen, hatte Julius eine wundervolle Aussicht.

Wie schön und friedlich das hier über den Wolken ist. Als ob ein Meer aus Watte unter uns wäre, das uns zur Not auffängt, falls der Flieger abstürzen sollte. Roland sieht auch so friedlich aus, wenn er schläft.

Er würde mich niemals hängen lassen. Ich kann mich hundertprozentig auf ihn verlassen. Aber auch Toby und Mark würden mich wahrscheinlich nicht fallen lassen. Mein Leben wäre wesentlich schlechter verlaufen, hätten die Jungs mich nicht von dieser gottlosen Insel geholt.

Das Einzige, was mir wirklich Angst macht, ist die berufliche Geschichte. Was fange ich mit meinem Leben an? Rolands Mutter kann mich ja nicht bis zur Rente unterstützen. Ich sollte noch ein wenig schlafen, wir landen ja erst in fünf Stunden.

Bin ich jetzt total durchgeknallt, oder habe ich was mit meinen Augen? Da vorne in der ersten Reihe sitzt doch mein Bruder! Ich muss sofort nachsehen, obwohl ich weiß, dass er es nicht sein kann – Tote können kein Flugzeug benutzen. Das diffuse Nachtlicht hier ist nicht gerade hilfreich. Sein Hinterkopf sieht auf jeden Fall so aus ...

Julius näherte sich langsam dem unbekannten Jungen und legte seine Hand auf dessen Schulter. Dieser drehte sich unverzüglich um und stach mit einem großen Fleischermesser zu.

„Hallo, mein geliebter Bruder, damit hast du wohl nicht gerechnet?! Zehn Worte."

Ich kann mich nicht bewegen – auch nicht sprechen, bin wie gelähmt. Wie er mich ansieht, diese weit aufgerissenen Augen und das diabolische Lächeln. Diese Schmerzen! Wieso hilft mir denn keiner von den Fluggästen? Sieht denn niemand, dass er mir ein Messer in den Bauch sticht? Das Blut läuft an seiner Hand herunter. Oh mein Gott, er zieht die Klinge heraus, indem er das Messer nach unten drückt.

„Soll ich jetzt meinen Finger in deine klaffende Wunde stecken? Zehn Worte. Gut, ich steck ihn jetzt rein – ist das deine Leber? Zehn Worte."

Roland wurde durch das Gemurmel von Julius wach und schlug ihm leicht ins Gesicht.

„Sorry, Alter, du hattest wohl einen Albtraum. Du bist auch völlig durchgeschwitzt."

„Danke fürs Wecken. Das war echt unheimlich."

„Schlaf einfach weiter, der Flug dauert noch ewig."

Ich bekomme doch jetzt kein Auge mehr zu. Das war so real. Merkwürdig, ich fühle genau in der Bauchgegend einen abklingenden Schmerz, genau da, wo Milan mit seinem Messer zugestochen hat. Wahrscheinlich nur Einbildung.

KAPITEL 3 – MEERESLUFT

Als die Maschine pünktlich um 08:00 Uhr in Los Angeles landete und die Jungs aus dem Flugzeug stiegen, wurden sie von einem sonnigen Tag und einem prächtig blauen wolkenlosen Himmel begrüßt.

„Ach Julius, ist das ein geiles Klima. Da kann man gar keine schlechte Laune haben. Und diese Luft. Ich bin zwar zum ersten Mal hier, aber ich liebe es jetzt schon."

„Du hast recht. Die ganze Atmosphäre ist weit und großräumig. So viel Fläche, so viel Platz. Also im Gegensatz zu Berlin fühle ich mich hier nicht ganz so eingeengt. Ich würde sagen, mehr Ellbogenfreiheit."

Die Gepäckausgabe ging relativ zügig vonstatten. Für jeweils einen Koffer und einen Rucksack konnten die beiden auf einen Gepäckträger verzichten.

Kurz vor dem Ausgang liefen ihnen schon Toby, Mark und Stiles, der wie wild an der Leine zog, entgegen. Als sie Blickkontakt aufnahmen, wollten sie sich eigentlich ganz cool ansehen. Aber die Freude der fünf war so groß, dass das überhaupt nicht funktionierte. Mit einem breiten Grinsen fielen sie sich in die Arme und drückten sich ausgiebig zur Begrüßung. Stiles bellte und sprang abwechselnd an jedem Rudelmitglied hoch, um maximale Zuneigung zu präsentieren. Toby hielt eine kurze Rede: „Was soll ich sagen? Willkommen im Land der tausend Möglichkeiten. Ich freue mich total, euch wiederzusehen. Wie war der Flug?"

„Eigentlich ganz gut. Bis auf den Albtraum von Julius ist nichts Spektakuläres passiert. Ich musste ihn aufwecken."

„Was hast du denn für einen Albtraum gehabt, Julius?", fragte Mark neugierig.

„Ach, das erzähle ich später, in einer ruhigen Minute. Aber jetzt zu euch, was habt ihr mit uns geplant?"

„Na ja, wir fahren mit dem Auto durch Südamerika. Erster Stopp ist in Peru, dort zelten wir am Mayantuyacu-Fluss. Der ist so heiß, dass sein Wasser ständig kocht. Voll interessant. Aber da müssen wir ja erst mal hinkommen, und mit dem Auto wäre das zu weit, oder, Mark?"

„Ganz genau, das wäre zu weit."

„Jetzt sagt endlich, was läuft, Mann!", drängelte Roland.

„Ist ja gut", beruhigte Toby. „Immer noch der alte ungeduldige Hitzkopf. Wir fahren jetzt zum Hafen San Pedro. Von dort aus geht es dann mit einem Schiff nach Peru – genauer gesagt, ist unser Reiseziel zunächst die schöne Stadt Callao, das ist auch der Endpunkt unserer kleinen Schifffahrt."

„Und auf diesem Schiff werden wir eine ganze Woche nichts tun. Außer natürlich in der Sonne liegen, ein paar Cocktails schlürfen, und faulenzen", erklärte Mark stolz.

„Sagt mal, Jungs, wie viel habt ihr denn für eure beiden Goldmünzen bekommen?", wollte Julius wissen. „Diese Reise hat doch bestimmt ein Vermögen gekostet?"

„Ich kann mich gar nicht mehr daran erinnern. Du vielleicht, Toby?"

„Nee, ich auch nicht. Es waren aber keine zwei Münzen, sondern drei. Die aus Rolands Koffer hatte ich zur Sicherheit an mich genommen. Und die Münze, die in Julius' Koffer war, brauchten wir ja, um uns in Israel was zu essen zu kaufen."

„Ihr seid echt so was von gerissen! Aber es gefällt mir", sagte Roland, während er mit dem Kopf nickte und seine Augen leicht zukniff.

Die Stimmung war großartig, wurde aber noch gesteigert, als Toby auf dem Flughafenparkplatz den Wagen präsentierte, mit dem die fünf durch Wald und Wiese fahren sollten. Ganz besonders bei Roland verursachte der Anblick Glücksgefühle.

„Alter, ich glaube, mir fällt ein Ei aus der Hose. Das ist doch der neue Jeep Wrangler Unlimited Sahara! Wie geil ist das denn?! Ich fahre ja seit Kurzem einen Landrover, aber Jeep ist genauso endlos geil. Ich liebe Geländewagen, die halten wenigstens was aus. Ach, da fällt mir ein, ich habe was für euch, Toby und Mark."

Roland kramte in seinem Koffer herum und übergab den beiden stolz eine kleine Schachtel, die schon beim ersten Hinsehen einen hochwertigen Eindruck machte. Mit einem strahlenden Lächeln übergab er die Geschenke an seine Freunde. Statt einem *Bitteschön* gab es den für Roland typischen Hinweis

„Jetzt macht die Teile doch endlich auf!"

„Geil, eine Uhr, und dazu noch eine richtig gute", staunte Toby.

Auch Mark war von dem Chronometer hellauf begeistert. „Ich lieb' sie! Ihr habt die auch, oder?"

„Ja, Roland hat gleich vier Stück für uns alle gekauft", erklärte Julius.

Aus Dankbarkeit umarmten Toby und Mark ihren Gönner und drückten ihn kräftig. Seltsamerweise genoss Roland die Art der Dankbarkeit. Es gab schließlich Zeiten, in denen er lieber auf körperlichen Kontakt verzichtet hatte. Das lag ganz einfach daran, dass Roland aufgrund seiner Bi-Sexualität vielleicht mehr für seine Freunde empfinden könnte, wenn es um körperliche Nähe ging. Das wollte er auf jeden Fall vermeiden.

„Ist irgendwie voll das Markenzeichen, alle die gleichen Uhren", freute sich Toby.

„Na ja, wir sind eben eine richtige Bande. Wir brauchen noch einen Schlachtruf oder so was", schlug Julius begeistert vor.

„Es reicht doch schon, wenn wir Blackfin Boys heißen. Allein das finde ich schon etwas merkwürdig. Und jetzt noch ein Schlachtruf?"

„War ja nur eine Idee, Roland. Immerhin bin ich stolz, dass *mir* der Name eingefallen ist. Was ist denn, Mark, guckst du Löcher in die Luft?"

„Nee, mir ist gerade nur ein cooler Schlachtruf eingefallen."

Roland blickte gequält in den Himmel:

„Oh Gott, bitte nicht!"

„Ich sag es trotzdem: ‚Unser Zusammenhalt macht uns gefährlich.' Das ist doch voll geil, und irgendwie passt es auch. Ich meine, wir sind ja nicht gerade die Unschuld vom Lande."

„Also mir gefällt es", meinte Toby. „Aber labern wir nicht lange herum, im Hafen wartet unser Schiff. Also schmeißt eure Koffer in den Kofferraum und setzt euch in den Wagen."

Geradezu besoffen vor Freude und Zufriedenheit stiegen die Jungs in Tobys Jeep. Stiles legte sich im hinteren Teil des geräumigen Geländewagens hin und betrachtete neugierig die Umgebung durch das Seitenfenster. Während der Fahrt zum Hafen San Pedro beschäftigte Roland eine wichtige Frage.

„Wie kommt es, dass der Hund mit an Bord darf? Das ist doch eigentlich unüblich."

Toby holte tief Luft und ging für ein paar Sekunden konzentriert in sich, bevor er antwortete:

„Also, normalerweise fährt ein anderes Schiff diese Route. Da dieses aber technische Probleme hat, die wohl nicht so schnell gelöst werden können, tritt die AIDA quasi als

Vertretung ein, und zwar für ganze sechs Wochen."

„Und jetzt kommt das Besondere", fuhr Mark fort. „Das Schiff fährt von Los Angeles ohne Stopp nach Callao, also Peru. Wir sind dann genau zehn Tage, acht Stunden, plus zwei Stunden, die für das Manövrieren eingeplant werden, unterwegs. Außerdem sind auf der AIDAzurro Hunde erlaubt, sofern sie angeleint sind. Und Toby, jetzt wieder du."

„Die Rückfahrt dauert siebzehn bis einundzwanzig Tage. Auf dieser Route sind mehrere Zwischenstopps geplant, bei denen die Passagiere an Land gehen dürfen. Aus diesem Grund fliegen wir von Peru zurück nach L. A., haste verstanden, Roland?"

„Zu viel Text, Alter. Aber das Wesentliche habe ich gecheckt."

„Also ich finde es total toll, mit euch zusammen zu sein, ohne dass man ums Überleben kämpfen muss. So richtig entspannend", freute sich Julius.

Mark warf Julius einen zweifelhaften Blick zu: „Wie ein Kompliment hört sich das gerade nicht an. Aber ich weiß, was du meinst."

„So Jungs, da vorne ist sie. Die AIDAzurro. Ein ganz neues Schiff der absoluten Extraklasse. Für euch nur das Beste. Und wisst ihr, wer diesen riesigen Dampfer getauft hat? Mark, du bist ruhig!"

„Nein, wissen wir nicht", sagte Roland gelangweilt. „Und ich schätze, keiner kann verhindern, dass du uns die Story erzählen wirst."

„Hab dich auch lieb, Roland. Adriano Celentano hat das Schiff getauft, weil sein Song Azzurro der Namensgeber für das Schiff war. Und nimmt man das letzte *A* von AIDA gleichzeitig als Anfangsbuchstaben ..."

„... dann heißt es Azzurro", setzte Roland sarkastisch fort. „Ein geradezu fantastisches Wortspiel allererster Kajüte, meine geliebten Freunde. Hätte jetzt Lust auf einen schönen Cocktail mit ordentlich Umdrehungen."

Die Laderampe des Schiffes stand weit offen. Mit Schrittgeschwindigkeit steuerte Toby den Jeep vorsichtig vor eine Schranke, an der zwei Mitarbeiter der Besatzung die Tickets forderten. Nach einer kurzen Kontrolle durften die Jungs passieren. Da das erste Deck bereits vollständig belegt war, fuhren sie eine Etage tiefer – hier waren jede Menge Parkplätze frei.

Auf dem Weg zu ihrer Kabine beschäftige Julius eine Frage: „Sagt mal, wenn wir die nächsten Tage unterwegs sind, wo geht Stiles denn pinkeln?"

„Ganz oben gibt es einen kleinen Hundewald. Ein Areal von ungefähr sechzig Quadratmetern, das aus künstlichem Rasen besteht, damit es besser gereinigt werden kann. Und auf dem Rasen gibt es viele kleine künstliche Bäumchen, die nur darauf warten, von Stiles markiert zu werden. So ist für das kleine, aber auch für das große Geschäft gesorgt."

„Da wir gerade von *groß* reden – dieser Kahn ist ja bombastisch. Woher wisst ihr, wo wir lang müssen?", fragte Roland.

Toby, der vorneweg ging, wedelte mit einem Plan.

„Hier steht alles drauf. Ich bin gut im Kartenlesen, also werde ich auch unser Zimmer finden. Ach nee, es heißt ja *Kajüte*. Das sechste Deck ist schon richtig. Damit liegen wir so ziemlich in der Mitte. Ah, da sind wir ja schon."

„Jetzt hast du genug gelabert, Toby, lass mich unser Quartier aufschließen", forderte Mark.

„Dann mach!"

„So, liebe Freunde, willkommen in unserer Kabine. Da wir Premium-Kunden sind, haben wir eine richtig große Suite geordert und noch zwei Betten dazustellen lassen. Dann sind wir alle zusammen."

Stiles war natürlich der Erste, der in die großräumige Kabine stürmte. Aufgeregt schnupperte er jeden Winkel und nahezu jeden Gegenstand in der Suite ab. Roland und Julius, die ihre Unterkunft noch nicht von Bildern aus dem Internet kannten, waren verblüfft.

„Es ist so unfassbar schön", staunte Roland. „Man betritt den Raum und fühlt sich sofort wohl."

„Mir geht es genauso", bemerkte Julius. „Der Teppich ist so schön flauschig. Fernseher, Mini-Bar, Dusche und Klo – hier ist doch alles, was man braucht?!"

„Schön, dass es euch gefällt. Ich würde sagen, wir lassen unsere Koffer hier und gehen erst mal mit Stiles pinkeln, und dann gibt es Cocktails, viele davon, für die Blackfin Boys", schlug Toby mit einem strahlenden Gesicht vor.

„Denn unser Zusammenhalt macht uns gefährlich!", rief Julius laut und hob gleichzeitig seine rechte Faust in die Luft.

„Da müssen wir aber noch ein wenig an deiner piepsigen Stimme arbeiten, Julius", meinte Roland scherzhaft und streichelte ihm kurz, aber freundschaftlich seinen Hinterkopf.

Da keiner etwas gegen Tobys Vorschlag hatte, begab man sich auf das oberste Deck, um den Pinkelwald aufzusuchen. Mark ließ Stiles von der Leine. Der Hund verstand sofort, dass der kleine künstliche Wald ein Gebiet war, in dem er sich nach Belieben auslassen durfte. Zunächst pinkelte er mehrere Bäumchen an, dann verzog er sich weiter in die Mitte, um im Schutz des Plastikgrünzeuges sein großes Geschäft verrichten zu können. Nachdem der Rottweilerrüde fertig war, erschien wie auf Knopfdruck ein Mitarbeiter der Crew und reinigte die betroffenen Stellen mit einem kleinen Hochdruckreiniger. Das machte Mark neugierig: „Entschuldigen Sie, machen Sie hier nach jeder Benutzung sauber?"

„Ja, wir sehen auf dem Monitor, wenn die Hundewiese genutzt wird. Der Aufwand der Reinigung ist nicht sehr hoch, aber effektiv und hygienisch. Wie nutzen heißes Zitronenwasser, das mit viel Druck versprüht wird. In den künstlichen Rasen befinden sich kleine Löcher, da kann alles Flüssige ablaufen. Der Rest wird ganz klassisch in einer Papiertüte entsorgt."

„Das ist wirklich guter Service. Vielen Dank."

„Das ist doch meine Aufgabe. Schönen Aufenthalt noch für Sie und Ihre Freunde!"

Der nächste Stopp sollte bei der nächstgelegenen Bar eingelegt werden. Der Weg dorthin war nicht sehr weit. Die Jungs waren bei bester Laune. Kein Wunder bei dem strahlend blauen Himmel und der angenehmen Temperatur. Gekleidet mit kurzen Hosen, T-Shirts und Turnschuhen konnten sie die laue Sommerluft genießen. An der Cocktail-Bar war noch nicht viel los, deswegen konnten die Jungs die besten Plätze direkt am Tresen ergattern. Stiles machte Platz und entschied sich für ein kleines Nickerchen. Roland bestellte als Erster bei dem freundlichen Barmann:

„Hallo, ich hätte gern einen schönen Cocktail, irgendwas mit Wodka, bitte."

Toby, Mark und Julius bestellten das Gleiche. Der Durst war so groß, dass die vier nach knapp fünf Minuten schon die nächsten Runden orderten. Julius merkte bereits eine Veränderung seiner Wahrnehmung: „Ey Leute, schon der erste Drink ist in meinem Kopf angekommen. Eigentlich trinke ich ja nicht viel, aber heute mache ich mal eine Ausnahme. Mir fällt ein, ich habe noch nie im Leben Scotch getrunken."

„Dann bitte vier Scotch ohne Eis", sagte Toby zum Barkeeper. „Ich nehme auch vier!", meinte Roland.

Was von Roland offensichtlich als Scherz gemeint war, nahm der nette Barmann für bare Münze und servierte den schon angetrunkenen Jungs mit einem Lächeln insgesamt acht Scotch ohne Eis.

„Ich mag Scotch", lallte Julius. „Den Whiskey – aber auch das Klebeband." Ein Lachflash überkam Julius – und damit steckte er seine Freunde unweigerlich an. Die Jungs lachten so laut, dass sich selbst die vorbeigehenden Passagiere ein kleines Grinsen nicht verkneifen konnten.

„Mit euch trinke ich am liebsten!", rief Roland, bevor er

den Scotch exte. Toby dachte an Rolands Lebensumstände: „Sag mal, Roland, wieso arbeitest du eigentlich, deine Mutter hat doch Unmengen an Kohle?"

„Weil ich auch eigenes Geld verdienen will und mir mein Job Spaß macht. Ist doch ganz einfach."

Julius stand von seinem Hocker auf, schwankte ein wenig und teilte sich mit – so gut er eben konnte: „Hey, hört mal her – ich äh – muss mal pinkeln. Ich komme gleich zurück. Bis dahin. Also bis dahin bitte nichts labern, ich will nichts verpassen. Bis gleich."

„Na, der ist ja schon so richtig voll. Das kann mir nicht passieren, weil ich nämlich mit Verstand trinke – und mit euch natürlich. Oh Mann, bringt mich jemand ins Bett? Ich glaube, ich habe doch nicht mit Verstand getrunken", stellte Mark lallend fest.

Toby entschloss sich, einen Vorschlag zu machen, der sich am nächsten Morgen als gut für die Gruppe erweisen sollte: „Ich habe auch genug getrunken, glaube ich. Und Roland hat auch schon ganz kleine Augen. Ich würde sagen, wenn Julius wiederkommt, gehen wir pennen."

Nachdem Julius seine Notdurft verrichtet hatte, wurde ihm klar, wie knapp das Ganze war: „Oh Mann, das war aber allerhöchste Eisenbahn. Fast hätte ich mir in die Hosen gemacht."

Hey, was ist das denn? Zwei Typen, die sehen richtig fies aus. Sie bemerken mich nicht. Aber ich muss an denen vorbei, das ist der einzige Weg. Was hat der gesagt? Ich habe doch eindeutig die Worte Affen, Fleisch und Schlachten vernommen. Hört sich nicht gut an. Ich gehe einfach vorbei und verhalte mich auffällig besoffen.

„Guten Abend zusammen."

„Guten Abend", kam es trocken und sachlich von einer der finsteren Gestalten zurück. Julius drehte sich noch einmal kurz um. Die beiden unterhielten sich weiter und nahmen keine Notiz vom betrunkenen Julius. Zurück an der Bar, konnte er dem Drang, das eben erfahrene weiterzugeben, nicht standhalten.

„Ah, gut, dass du da bist, Julius, wir wollten jetzt los – unsere Betten warten. Ich glaube, du hast auch genug."

„Ja ja, Toby, aber ich muss euch was Dringendes erzählen."

„Kannst du gleich machen, wenn wir in der Horizontalen liegen."

Julius war nicht mehr in der Lage, ohne fremde Hilfe zu gehen. Also stützten Toby und Roland ihren leicht verpeilten Freund und gingen Richtung Kajüte. Mark beschloss, mit Stiles noch ein letztes Mal für heute in den Pinkelwald zu gehen.

„Hui, Moment mal kurz – stopp! Zwei Probleme sind hier am Start, geliebte Freunde. Mir kam gerade ein wenig Erbrochenes hoch, das ich leider wieder runterschlucken musste. Außerdem ist da noch, also äh, keine Ahnung. Paaaartyyy!"
Julius war so voll, dass er es nicht schaffte, sich allein auszuziehen. Toby und Roland schmissen ihn auf sein Bett, und zogen ihm Schuhe, Strümpfe und die Hose aus. Roland nahm eine Decke und warf sie mit Schwung auf Julius.

„Hier, du Lusche. Angenehme Träume und eine schöne Party."

Als Mark und Stiles knapp zehn Minuten später eintrafen, schnarchten die drei anderen bereits im Tiefschlaf vor sich hin.

Na ganz toll. Voll laut diese versoffenen Säcke. Was soll's, ich hau mich hin und mach die Augen zu. Dann werde ich wohl einschlafen.

Die nächsten Tage verbrachten die Jungs nicht ganz so ausfallend. Sie wollten die Überfahrt genießen. Und das war nur möglich, wenn sie sich nicht ständig bis zur Besinnungslosigkeit betranken. Julius trank überhaupt gar nichts mehr, die anderen gönnten sich hin und wieder ein kühles Bierchen. Bis zum letzten Tag nutzten die Sportskanonen alle möglichen Freizeitaktivitäten, die das Schiff zu bieten hatte. Schwimmen, Tennis, Billard, Karaoke, Squash – auf dem Schiff kam keine Langeweile auf. Und wenn sie nicht sportlich aktiv waren, genossen die Jungs die Meeresluft und die strahlende Sonne in vollen Zügen. Das geheimnisvolle Gespräch, das Julius im volltrunkenen Zustand am ersten Abend zwischen den zwei finsteren Gestalten gehört hatte, war in seinem Gehirn längst in der unwichtigen und belanglosen Abteilung abgelegt worden.

KAPITEL 4 – DIE GRÜNE HÖLLE

Nach zehn sorglosen Tagen war es dann so weit. Das Schiff ankerte im Hafen von Callao und die Blackfin Boys begannen ihre Reise, die sie durch die schönsten Landschaften Perus führen sollte. Toby hatte bezüglich der Autofahrt eine gute Idee.

„Ich würde vorschlagen, dass wir uns mit dem Fahren abwechseln. Sonst wird das echt zu anstrengend."

„Ja, gute Idee. Aber ich habe noch gar keinen Führerschein", merkte Julius an. „Hast du denn einen, Mark?"

„Nö. Ich hatte zwar ein paar Fahrstunden und kann auch ein Fahrzeug steuern, aber die Lizenz dazu habe ich noch nicht."

„Wir machen es so", meinte Roland. „Hier in Callao, und überall dort, wo viel los ist, fahren Toby und ich. Kommen wir in Gebiete, die verlassen sind, übernehmt ihr zwei das Steuer."

Die ersten einhundert Kilometer fuhren die fünf noch durch eine dicht besiedelte Zivilisation. Dann aber drängten sich die unbebauten Flächen in den Vordergrund. Immer mehr Grün – immer weniger Beton. Unverbauter Blick in die Weite und in den dunkelblauen Himmel, an dem sich nicht eine einzige Wolke herumtrieb. Im Radio lief das Album *Grande* der Berliner Pop-Band *Von wegen Lisbeth*, das Roland extra auf einen USB-Stick gezogen hatte. Der allgemeine Wolhfühlfaktor erreichte locker die Einhundert-Prozent-Marke. Die Temperatur lag bei zweiunddreißig Grad Celsius. Für peruanische Verhältnisse eine angenehme Temperatur. Als die Landschaft langsam, aber sicher komplett menschenleer wurde, stand ein Fahrerwechsel an. Roland, der Toby vor einer Stunde abgelöst hatte, stoppte den Wagen mitten auf der Straße, oder besser gesagt, er hielt auf dem stabilen Sandweg, der als Straße diente.

„So Leute, wer will?", fragte Roland, während er leicht geschwächt von der Hitze ausstieg.

„Mach du ruhig, Julius. Ich fahre dann nach dir", schlug Mark vor.

Julius nahm gern an. Er grinste wie ein fünfjähriges Kind, dem die Eltern erlaubt haben, einen großen Bagger zu fahren.

„Mit diesem Wagen kannst du aber weder schwimmen, noch tauchen. Ich meine, du bist ja nur Amphibienfahrzeuge gewohnt, weil es auf Blakes Insel nichts anderes gab. Wir wollen doch vermeiden, dass du noch in den nächstgelegen See fährst", sagte Roland und grinste.

„Ach, Roland, wie gut, dass du mich darauf aufmerksam machst", gab Julius sarkastisch zurück.

Die Sonne ging langsam unter. Die Hitze des Tages hatte die Jungs so müde gemacht, dass sie die letzten zwei Stunden nicht mehr miteinander redeten. Das änderte sich erst, als ihr Reiseziel nur noch eine halbe Stunde entfernt war. Der Mayantuyacu, der auch der kochende Fluss genannt wird, war zum Greifen nah. Mark war etwas beunruhigt.

„Nun ja, ihr wisst ja, dass ich eigentlich überhaupt keine Waffen mag – aber wie die Vergangenheit bewiesen hat, kann das manchmal nützlich sein. Was machen wir, wenn uns hier im mitten im Nirgendwo irgendwelche durchgeknallten Freaks angreifen?"

Toby lehnte sich gemütlich zurück, und grinste leicht:

„Alles kein Problem, ich habe da eine Kleinigkeit vorbereitet."

„Deine Vorbereitungen kenne ich", meinte Roland. „Entweder ist man total überrascht, oder es ist eine mega Scheiße."

Mark und Julius lachten sich über Rolands These kaputt. Toby fand das nicht so lustig: „Was soll das denn heißen? Meine Überraschungen sind immer toll. Überprüf erst mal deine Argumente."

„Habe ich doch!"

Rolands Sturheit brachte schließlich auch Toby zum Lachen. Der winkte wortlos ab und schüttelte mit dem Kopf. Die letzten zwei Kilometer wurden immer unebener. Toby setzte sich wieder ans Steuer, denn er konnte den Jeep am besten im unwegsamen Gelände manövrieren. Teilweise konnten sie nur Schrittgeschwindigkeit fahren. Nach fünfzehn Minuten Fahrt über Stock und Stein erreichten sie endlich den Mayantuyacu-Fluss. Toby machte sich Gedanken über den perfekten Standort für Jeep und Zelt: „Ich sollte nicht ganz so dicht am Fluss parken. Wenn der unkontrolliert überläuft, könnte uns das kochende Wasser übel verletzen. Ganze 86 Grad Celsius heiß. Da kannste Essen drin kochen. Ich denke ungefähr fünfundzwanzig Meter Abstand müssten ausreichen. So, Leute – alle Mann aussteigen."

„Ich nehme Stiles erst mal an die Leine, nicht, dass er mit Anlauf in den Fluss springt", meinte Mark besorgt.

Als die Jungs ausstiegen und Arme und Beine streckten, sahen sie sich um und genossen die atemberaubende Umgebung. Julius geriet sofort ins Schwärmen: „Es ist einfach traumhaft hier. Die Luftfeuchtigkeit ist zwar hoch, aber irgendwie ist es beim Einatmen ein angenehmes Gefühl."

„Also, wirklich, Toby und Mark – das habt ihr richtig gut ausgesucht", lobte Roland. „Vor allem gefällt mir diese ausgeprägte Menschenleere. Beruhigend, sehr beruhigend. Und diese großen Blätter überall, da fühlt man sich, als ob man im

Land der Riesen wäre."

„Na ja, es ist halt richtiger Dschungel. Oder Regenwald. Oder wie war das, Toby? Als wir die Reise planten, wusste ich es noch."

„Wir sind im Amazonas-Regenwald, Mark. Hast du eigentlich deine Kamera dabei?"

„Klar, meine gute robuste Nikon F-100. Und die Fotos schieße ich auf Silbersalz 250D, ein Kleinbildfilm mit Farben, die eine digitale Kamera nie und nimmer hinbekommt. Manche versuchen, diesen einzigartigen Filmlook mit digitalen Presets zu simulieren – das Ergebnis ist ungefähr so gut wie ein vegetarisches Schnitzel."

„Hätte ich mal nicht gefragt", bemerkte Toby sarkastisch.

„Für dich doch immer, mein Lieber. Ich würde sagen, ihr baut das Zelt auf, und ich fotografiere es."

„Das kannst du so was von vergessen, Kleiner. Du hilfst gefälligst mit", wies ihn Roland zurecht.

Der Aufbau des orangefarbenen Vier-Mann-Zeltes ging relativ schnell vonstatten. Toby studierte für ein paar Minuten den Plan, der versprach, dass der Aufbau nur zehn Minuten dauern würde. Da die Jungs auch in dieser Disziplin eine gute Figur machten, schafften sie den kompletten Aufbau in rekordverdächtigen acht Minuten. Stolz standen die vier vor dem Zelt und klopften sich gegenseitig auf die Schulter. Toby hob seine Faust in den Himmel und rief: „... denn unser Zusammenhalt macht uns gefährlich!"

Unmittelbar danach riefen auch Roland, Mark und Julius ihren Schlachtruf, so laut sie konnten. Ihre Zufriedenheit sollte aber nicht lange anhalten.

„Seid doch mal leise!", flüsterte Julius auf einmal. „Ich habe das dumpfe Gefühl, dass uns jemand beobachtet."

Angespannt guckten die Jungs in alle möglichen Richtungen. Selbst Stiles merkte, dass irgendwas nicht stimmte. Das Rauschen des Flusses war allerdings so laut, dass man sich nur schwer auf andere Geräusche konzentrieren konnte.

Mit einem Satz sprangen acht halbnackte Kinder, bewaffnet mit Pfeil und Bogen, aus dem Gebüsch und schossen sofort auf die Jungs. Selbst Stiles wurde von einem Pfeil getroffen, was er mit einem kurzen, aber lauten Aufheulen quittierte. Es dauerte keine zehn Sekunden, da gingen die Jungs zu Boden und verloren das Bewusstsein. Nur Roland konnte mit halb geschlossenen Augen das Geschehen verfolgen. Bewegungsunfähig lag er auf dem Rücken.

Verdammt, ich bin völlig gelähmt, kann nichts mehr bewegen. Das müssen Giftpfeile gewesen sein. Meine Augen fallen mir gleich zu. Sprechen kann ich auch nicht. Was sind das für Typen?

Eines der Kinder, kaum älter als acht Jahre, beugte sich vorsichtig über Roland und sah ihm in die Augen. Dann fiel auch er in einen tiefen Schlaf.

Die Nacht hatte längst begonnen. Das Licht des Vollmondes war aber hell genug und leuchtete die Umgebung aus. Stiles war der Erste, der aus dem komatösen Zustand erwachte. Den Pfeil, der in seinem Hinterteil steckte, konnte er mit seiner Schnauze herausziehen. Zum Glück war das Holzgeschoss sehr dünn, sodass es keine tiefe Wunde hinterließ. Besorgt leckte er hartnäckig die Gesichter seiner Rudelmitglieder ab. Julius erlangte langsam sein Bewusstsein und stellte fest, dass der kleine Pfeil, den die Kinder geschossen hatten, noch in seinem Oberschenkel steckte. Mit einem Ruck riss er ihn heraus und wandte sich Toby und Roland zu.

„Leute, aufwachen! Seid ihr okay? Bei euch stecken die Pfeile auch noch drin. Kommt, ich ziehe sie raus."

Nacheinander zog Julius die Pfeile aus Tobys Oberarm und Rolands Schulter heraus. Die beiden waren noch so benommen, dass sie die Prozedur gar nicht mitbekamen. Erst als Julius kräftig an den beiden rüttelte, kamen sie langsam zur Besinnung.

„Jetzt kommt zu euch. Mark ist nicht da, wir müssen ihn suchen."

Toby versuchte, sich aufzurichten. Das fiel ihm sichtlich

schwer. Seine Augen waren zwar offen, doch er starrte nur durch alles hindurch. Zu allem Überfluss machte er auch noch eine tiefgründige Feststellung:

„Oh Mann, ich komm mir vor wie eine Motte, die zu nah' ans Licht geflogen ist. Aber wer ist die Motte – und wer das Licht?"

„Noch mal: Mark ist verschwunden!"

„Habt ihr auch diese Freaks gesehen, die auf uns geschossen haben?", fragte Roland.

„Ich denke, wir alle haben die gesehen, bevor wir ins Reich der Träume fielen", meinte Toby. „Vielleicht ist Mark hier ganz in der Nähe. Ich hole mal Taschenlampen aus dem Jeep."

„Wir müssen den Kleinen unbedingt finden. Ich gehe stark davon aus, dass diese Regenwaldbewohner unseren Mark entführt haben. Einer hat direkt in mein Gesicht gestarrt, bevor ich einschlief. Hoffentlich sind das keine Kannibalen."

Toby öffnete eine ein Meter lange Metallklappe, die unter dem Jeep angebracht war. Es sah aus, wie ein großer schmaler Briefkasten. Neugierig sahen Roland und Julius Toby über die Schulter.

„Alter, was hast du da? Ist das so was wie ein Geheimfach?", fragte Roland völlig begeistert.

„Ja, das ist es. Ich gehe doch nicht mitten in die Wildnis ohne Waffen. Und wenn wir mal ehrlich sind – die Vergangenheit hat gezeigt, dass wir nicht ohne auskommen. So, Roland, das hier ist für dich – bitteschön."

„Das gibt's doch nicht. Du hast extra für mich eine druckluftbetriebene Harpune besorgt? Und sogar mit Köcher und zehn Pfeilen. Danke, Mann!"

„Keine Ursache, Roland. Julius, für dich habe ich eine Pistole. Es ist eine *Sig Sauer P320*, dazu 9-mm-Munition und ein Wechselmagazin. Ich habe bemerkt, dass du gut schießen kannst."

„Danke dir, Toby. Dass du an mich gedacht hast, finde ich wirklich, also ich meine ..."

„Kein Problem, Julius. Lade sie lieber schon mal. Für Mark habe ich keine Waffe, er hält ja nicht so viel davon. Er soll lieber ein paar schöne Bilder machen. Kleiner Scherz. Vielleicht kann ich Mark dazu überreden, dieses Pfefferspray bei sich zu tragen. Für mich habe ich das altbewährte Tauchermesser mit Halfter. Damals auf der Insel hat es mir gut gefallen. Jetzt noch für jeden eine Taschenlampe, dann suchen wir unseren kleinen Mark. Ach, das hätte ich fast vergessen – für jeden habe ich ein Funkgerät, falls wir getrennt werden. Frequenz ist schon eingestellt."

Ausreichend bewaffnet und mit Leuchtmitteln ausgestattet fingen die drei an, nach ihrem Freund zu suchen. Julius hielt Stiles an der Leine. Da der Hund ein sehr inniges Verhältnis zu Mark hatte, hofften die Jungs darauf, dass Stiles eine Spur aufnehmen würde. Doch die Hoffnung blieb eine. Stiles schnupperte aufgeregt an jedem Baum, an jeder Pflanze, leider völlig planlos. Nach zwei Stunden beschlossen die stark Übermüdeten, die bisher erfolglose Suche bei Tageslicht fortzusetzen. Trotz Taschenlampen bekamen sie einfach keinen geordneten Überblick. Nur mit Mühe fanden die Jungs den Weg zum Zelt zurück. Geschafft und deprimiert legten sich die drei auf ihre Luftmatratzen. Auf Marks Schlafstätte machte sich Stiles breit und gab leise Fieplaute von sich.

„Na, du vermisst den Mark, ne?!", fragte Toby leise.

Man konnte dem Hund regelrecht ansehen, wie deprimiert er über Marks Verschwinden war. Seine Augen strahlten tiefe Trauer aus. Roland übernahm die Rolle des Trösters: „Ach Gott, ich kann das gar nicht mit ansehen. So, Stiles, jetzt bekommst du erst mal ein paar fette Streicheleinheiten."

Müdigkeit nahm die Körper der Jungs in Beschlag. Die hohe Luftfeuchtigkeit und die unsägliche Hitze veranlassten die drei dazu, nur in Unterhose und ohne Decke die Nachtruhe anzutreten. Roland, der neben Julius lag, rümpfte seine Nase.

„Sag mal Julius, nach was stinkst du denn, wenn ich mal freundlich fragen darf? Hast du dich mit Terpentin übergossen oder was?"

Toby versuchte, sein Kichern zu verbergen. Julius beantwortete Rolands Frage gelassen:

„Das ist ein Mittel gegen Moskitos. Die können nämlich stechen, wenn sie wollen."

„Sehr witzig. Gib mal her das Zeug."

Nachdem Toby und Roland sich ebenfalls mit der übelriechenden Flüssigkeit eingerieben hatte, kehrte endlich Ruhe im Zelt ein.

Das monotone Rauschen des kochenden Flusses begünstigte einen festen Schlaf. Mitten in der Nacht jedoch sollte die friedliche Ruhe gestört werden. Stiles horchte auf und fing an zu knurren. Roland wurde wach.

„Junge, was hast du denn?"

Der Rottweiler war so aufgebracht, dass er mehrmals laut bellte.

„Verdammt, was ist denn hier los mitten in der Nacht? Roland? Wieso schläfst du nicht?", fragte Toby verpennt.

„Ich glaube, da draußen ist was. Stiles ist ganz nervös. Weck Julius auf, wir sollten uns auf Ärger vorbereiten."

Roland nahm Stiles an die Leine, schnappte sich eine Taschenlampe und verließ das Zelt.

„Hallo? Ist da jemand?"

Roland leuchtete mit seiner Lampe über jedes Gebüsch und über jeden Strauch, den er vom Vorplatz des Zeltes aus anstrahlen konnte. Stiles bellte unentwegt. Toby und Julius schlossen sich Roland an und leuchteten ebenfalls die Umgebung ab. Stiles Bellen schlug um in ein leises Fiepen.

„Da hinten! Der Strauch bewegt sich!", flüsterte Toby aufgeregt.

„Ich werde Stiles zur Sicherheit an den Jeep binden. Ich

will nicht, dass er dort hinläuft. Wir wissen ja nicht, was sich da draußen herumtreibt. Geht schnell zurück ins Zelt, und holt unsere Waffen", meinte Roland.

Wenn die Blackfin Boys eines ganz bestimmt waren, dann organisiert. Wie es sich für anständiges Teamplay gehört, hatte Roland bereits seine Harpune in der Hand, als er Stiles zur Sicherheit anleinte. Toby hielt in der einen Hand sein Tauchermesser, und in der anderen ein Pfefferspray. Julius entschied sich wie gewohnt für die Pistole. Während Roland einen Pfeil aus dem Köcher in die Harpune legen wollte, fiel ihm etwas auf.

„Sag mal, Toby, die Pfeile sind mit verschiedenen Farben markiert, und einige Spitzen sehen ganz anders aus."

„Ach ja, das hatte ich vergessen. Du hast insgesamt fünfzehn Pfeile im Köcher. Sechs davon sind ganz normale, siehst du ja an den Spitzen. Dann wären da noch drei rote, drei grüne, und drei blaue. Rot hat einen kleinen Sprengkopf, grün ist ein Betäubungsgift und blau setzt eine Menge Rauch beim Aufschlag frei."

„Leute, ich will eure Unterhaltung ja nicht stören, aber da kommt ein Typ auf uns zu – und der sieht nicht sehr vertrauenserweckend aus", meldete sich Julius zu Wort.

„Ach du Kacke, seht mal sein Gesicht, ist das ein Zombie oder was?"

„Er bewegt sich jedenfalls so. Und das Aussehen hat er auch. Seine Klamotten sind völlig zerfetzt. Sind das eitrige Ausflüsse an seinem Körper? Und im Gesicht? Was machen wir jetzt? Er ist noch gute zwanzig Meter weit weg", fragte Roland, während er nervös zwischen den beiden anderen hin und her blickte.

„Hey Mister, stehenbleiben! Wer sind Sie und was wollen Sie?", rief Toby in einem schroffen Ton. „Wir sind bewaffnet, also hauen Sie ab!"

„Und sprechen kann er auch nicht. Das ist eindeutig ein Zombie!", sagte Julius leise.

„Schieß einfach einen Pfeil ab! Na los, Roland!"

„Ja, Mann. Welchen denn? Ach, ich nehme einen normalen. Ich ziele auf sein Bein, vielleicht fällt er dann hin."

Roland legte an – und drückte ab. Die Harpune gab ein leises Zischen ab, bedingt durch den Druckluftantrieb. Der Pfeil traf den vermeintlichen Zombie im rechten Oberschenkel.

„Guter Schuss, Roland. Er bleibt stehen. Jetzt humpelt er weiter. Scheiße. Mit meinem Pfefferspray werde ich wohl auch nichts ausrichten können. Und mein Messer ist für den Nahkampf. Ich will aber keinen Nahkampf mit diesem Ungeheuer."

„Jeder weiß doch, dass man bei Zombies die Gehirne zerstören muss", meinte Julius. „Ich gebe einen Schuss ab und versuche, den Kopf zu treffen."

Während Julius auf den immer näher kommenden Untoten zielte, legte Roland einen neuen Pfeil in seine Harpune und drückte ab. Es gab einen wahnsinnig lauten Knall und der Kopf des Zombies zerplatze wie eine überreife Wassermelone. Der kopflose Körper sackte zusammen und bewegte sich keinen Millimeter mehr.

„Gut, wenigstens wissen wir jetzt, was für eine Sprengkraft der rote Pfeil hat", gab Roland zufrieden von sich. „Wieso hast du nicht geschossen, Julius?"

„Weil ich noch gezielt habe – entschuldigen Sie bitte, dass ich nicht so schnell war."

„Ist doch egal, Leute, Hauptsache er ist tot. Ist das etwa ein Stück Gehirn auf deinem T-Shirt, Roland?"

„Ups – ich mach das gleich weg. Hoffentlich kommen nicht noch mehr von diesen Typen. Also schlafen kann ich jetzt nicht mehr."

„Mir fällt gerade etwas ein", grübelte Julius. „Auf dem Schiff, als ich aufs Klo ging, habe ich zwei Typen gesehen, die sich über Affen, Fleisch und Schlachten unterhielten. Und ich weiß, dass diese Typen auch in Callao ausgestiegen sind.

Nur habe ich mir dabei nichts gedacht, und es deswegen euch gegenüber nicht erwähnt."

„Hm, das sind nur vage Anhaltspunkte. Die Typen könnten was damit zu tun haben, oder eben auch nicht."

„Da hast du recht, Toby. Aber mal was anderes: Was haltet ihr davon, den Typen zu begraben, dann waschen wir uns am Fluss, und organisieren was zu essen. Anschließend starten wir die Suche nach Mark. Die Sonne müsste so in einer Stunde aufgehen. Ich habe nämlich voll den Hunger. Und ich fühle mich ziemlich ekelig."

Toby und Julius stimmten Roland zu. Selbstverständlich hatte Toby in seinem Jeep auch einen kleinen Spaten, mit dem die Jungs abwechselnd eine kleine Grube aushoben. Die Überreste des Zombies sollten nicht so herumliegen. Schließlich könnte im Dunklen jemand darüber stolpern. Tief gruben sie nicht, der Untote sollte eher zweckmäßig entsorgt werden. Nach getaner Arbeit war Roland der Erste, der sich am Fluss waschen wollte. Praktisch, dass die Jungs ihr Zelt recht nahe am Gewässer aufgeschlagen hatten. Allerdings stand er vor einem Problem. Splitternackt, mit einem braunen Handtuch über der Schulter, rief er zu Toby und Julius: „Leute, ich habe ganz vergessen, dass das Wasser in diesem Fluss kocht. Ist nicht gerade die angenehmste Temperatur zum Baden. Da bin ich ja in einer Minute durchgegart!"

„Irgendwo am Rand müssen Stellen sein, die so dreißig bis vierzig Grad heiß sind. Warte einfach auf uns, wir kommen gleich."

Toby verstaute, ordnungsliebend wie er war, den Spaten im Wagen, und Julius leinte Stiles ab. Anschließend suchten sie Roland auf, der hatte inzwischen eine angenehme Stelle gefunden, die nicht brühend heiß war. Am Rand des Flusses hatte das reißende Wasser eine Mini-Bucht in den Boden gefressen. So groß und so tief wie ein handelsüblicher Whirlpool – und sogar so warm.

„Kommt rein, es ist voll gemütlich hier. Und die Wassertemperatur ist auszuhalten."

„Fehlt nur noch ein Glas Champagner – oder, Roland?!", scherzte Toby.

„Nee, lass mal. Ein kühles Bier wäre mir lieber."

Toby und Julius zogen sich aus und ließen sich im natürlichen Whirlpool nieder. Die Sonne drückte ihre ersten Strahlen durch den dicht bewachsenen Regenwald. Auch wenn die Jungs gern Stunden in dieser angenehmen Position verbracht hätten – die Suche nach Mark hatte Vorrang. Deswegen gönnten sie sich nicht mehr als zehn Minuten Entspannung und rafften sich dann wieder auf.

Bevor aber die Suche gestartet wurde, hatte die Gestaltung des Speiseplans Priorität. Diese Entscheidung wurde einstimmig von den leeren Mägen der Jungs getroffen. Toby hatte da schon mal was vorbereitet.

„So, dann will ich Stiles mal sein Hundefutter geben. Ich habe extra ein paar Dosen mitgenommen – so ein Hund ist ja kein Vegetarier. Schau mal Stiles – das gute *Batzen*, nur für Hunde, nicht für Katzen. Ja, da kriegst du ganz große Augen, mein felliger Freund."

„Und hast du auch was für deine nicht-felligen Freunde?", fragte Roland erwartungsvoll.

„Nein. Wir sind ja hier im Amazonas-Regenwald. Hier gibt es eine Menge Gemüse und Früchte."

„Und du weißt auch, wo diese zu finden sind?", wollte Julius wissen.

„Nein. Aber ich glaube, auf der Suche nach Mark werden wir schon über was Essbares stolpern. Immerhin gibt es hier Papayas, Orangen, Bananen, Tomaten und Avocados."

„Ich bin etwas skeptisch, was das angeht", meinte Roland. „Aber gut – wenn Stiles fertig mit mampfen ist, sollten wir losgehen. Es wird minütlich heller, das müssen wir ausnutzen."

„Eines noch", sagte Toby. „Klamottentechnisch ist es

sinnvoll, wenn wir kurze Hosen, T-Shirts und Gummistiefel anziehen. Die schützen uns vor Schlangen."

„Also wir haben nichts anderes als kurze Hosen und T-Shirts eingepackt. Aber auf die Idee, Gummistiefel mitzunehmen, sind wir natürlich nicht gekommen", merkte Julius entgeistert an.

„Deswegen habe ich vorgesorgt, und neben unseren Waffen auch die Stiefel eingepackt. Für jeden die richtige Größe", strahlte Toby.

Stiles brauchte nicht besonders lange, um den Inhalt einer ganzen Batzen-Dose zu vertilgen. Ein kleiner Rülpser bestätigte, dass die Nahrungsaufnahme erfolgreich durchgeführt worden war. Roland nahm Stiles zu seinem eigenen Schutz an die Leine und ging vor. Toby und Julius blieben dicht hinter ihm. Toby beschäftigte eine ganz bestimmte Sache.

„Sag mal, Roland, wegen deiner Bisexualität – findest du einen von uns sexy? Und wenn ja, wie ist das für dich?"

„Irgendwie habe ich mich schon gewundert, wieso mir keiner von euch diese Frage bisher gestellt hat. Auch wenn dies wohl der ungünstigste Zeitpunkt überhaupt ist. Zu deiner Frage – stellt euch mal vor, meine Beziehung zu euch besteht, pro Person gesehen, jeweils aus einhundert Prozent. Fünfundneunzig Prozent davon beinhalten die Hashtags #Freundschaft #Freude #Fun #Party #Vertrauen #Zusammenhalt #Lachen #Nähe #BestFriends #Familie. Und jetzt kommen wir zu den Hashtags, die wir in den fünf Prozent finden können."

„Jetzt bin ich aber voll gespannt", meinte Julius. „Das hast du mir noch gar nicht erzählt."

„Hast mich ja auch nie gefragt. Und jetzt unterbrech mich nicht. Also, die Hashtags #sexy #gutaussehend #nackt #intim #geil #pimmel."

Toby und Julius konnten sich das Lachen nicht verkneifen. Aber selbst Roland grinste über seine eigene Analyse, die es aber genau auf den Punkt brachte.

„Ihr merkt also, wir haben fünf Prozent Sex und Erotik, und fünfundneunzig Prozent Freundschaft. Das sollte eigentlich alles klarstellen. Wildes Rumgemache mit Freunden geht gar nicht. Das Ende vom Lied wäre, dass wir Freunde gewesen sind. Und jetzt konzentriert euch und haltet die Augen auf."

„Stopp mal!", rief Julius aufgeregt. „Da vorne, da glänzt doch was. Sieht aus wie eine Metallplatte, die auf dem Boden liegt."

„Na dann lasst uns das mal näher betrachten. Vielleicht ist es ein wichtiger Hinweis", dachte Toby laut.

Um sich die Platte genauer anzusehen, mussten die Jungs den Weg verlassen und tiefer in den Regenwald eindringen. Eher erwartungslos marschierten die vier langsam auf ihr ungefähr dreißig Meter entferntes Ziel zu. Die aufkommende Tagessonne entfaltete ihre Kraft im Minutentakt. Die nächsten zwei bis drei Stunden würde das Klima noch relativ erträglich bleiben, dann würden sie auf jeden Fall eine Menge Trinkwasser benötigen. Julius lief vor – er wollte unbedingt der Erste sein.

„Hey Leute, das ist eine Luke!", schrie er aufgeregt. „Vielleicht verbirgt sie einen Bunker oder so was. Beeilt euch!"

„Ja Mann, die Luke wird wohl nicht weglaufen", nörgelte Roland.

Wie ich solche Situationen liebe, dachte Toby. *Der Eine ist völlig aufgeregt und neugierig, der andere cool und gelassen.*

„Na endlich. Ihr hättet ja auch mal ein bisschen schneller gehen können. Also ich bin der Meinung, dass es sich eindeutig um eine Bunkertür handelt."

„Dem Aussehen nach schon", stellte Toby fest. „Auf jeden Fall lässt sie sich mit diesem großen Drehrad öffnen. Das ist für Bunkertüren typisch. Außerdem ist der Zustand eher neuwertig."

Roland bückte sich und betrachtete die Sache genauer: „Hm, sieht so aus, als hätte hier erst kürzlich jemand

Schmierfett aufgetragen. Dadurch lässt sich das Rad leichter drehen. Ach, was soll's – ich drehe jetzt einfach mal gegen den Uhrzeigersinn. Es geht ganz leicht."

Julius konnte die Spannung nur schwer aushalten.

„Oh Mann, ich bin so was von aufgeregt."

Roland drehte das Rad weiter. „Ich glaube, ich bin am Anschlag angekommen. Weiter lässt sich das Rad nicht drehen."

„Na dann mach die Luke auf", sagte Toby.

„Jahaa – jetzt mach doch nicht so einen Stress."

Roland öffnete die Luke bis zum Anschlag. Ein schwach beleuchteter Schacht, in dem eine Leiter senkrecht nach unten führte, kam zum Vorschein. Ohne lange zu überlegen, stieg Julius auf die Leiter und kletterte langsam herunter. Toby leinte Stiles am nächsten Baum an, denn es wäre ein großer Aufwand geworden, den schweren Hund mit nach unten zu nehmen. Julius hatte etwas entdeckt: „Alles klar, hier unten sind mehrere Gänge, so wie es aussieht. Aber es scheint sicher zu sein."

Toby und Roland stiegen zügig hinab. Einerseits aus Neugier, andererseits wollten sie ihrem Freund beistehen. Sie wussten ja schließlich nicht, was sie da unten erwartete. Zunächst folgten die Jungs dem Verlauf des schmalen Ganges, der tiefer in den Bunker führte. Überall waren kleine Lampen angebracht, die ein diffuses orangefarbenes Licht ausstrahlten. Gerade so hell, dass man gut erkennen konnte, wohin man trat.

„Alles nur grauer Beton, und penibel genau verarbeitet. Gerade Kanten und Wände, und der Boden ist auch total eben. Wartet mal, hier rechts ist eine Tür – ohne Klinke oder Griff. Sieht aus wie eine Schiebetür. Wenn sie geöffnet wird, verschwindet sie in der Wand, nehme ich an", spekulierte Toby.

„Diese Tür ist so unscheinbar, ich wäre glatt dran vorbeigelaufen", meinte Roland. „Gehen wir weiter, am Ende des

Ganges wird es heller, da muss irgendwo eine Lichtquelle sein."

Schließlich führte der Gang nach knapp zwanzig Metern in ein großflächiges Zimmer, das anscheinend als Wohnraum genutzt wurde. Die schwere dunkelbraune Eisentür stand offen. Der einhundert Quadratmeter große Raum bot alles, was man zum Leben benötigte. Eines stellten die Jungs sofort fest: Hier musste jemand wohnen. Viele Bilder an der Wand, wahrscheinlich von Familie oder Freunden. Ein dicker, weicher dunkelbrauner Teppich gab dem Raum eine gemütliche Note. Die Wände waren in einem warmen Terrakotta-Ton gestrichen. Regale mit Konservendosen und Wasserflaschen, die wohl für viele Monate reichen würden. Auch die Unterhaltungselektronik hatte ihren Platz gefunden. Ein riesiges Funkgerät, Fernseher, Radio, sogar ein Plattenspieler – hier würde garantiert keine Langeweile aufkommen.

„Das ist doch einfach unglaublich", staunte Toby. „Hier lebt jemand. Total abgeschottet."

„Sieht so aus, als würde hier jemand auf den dritten Weltkrieg warten", meinte Roland.

„Mich würde interessieren, wo diese Person im Moment ist. Oder sind es vielleicht mehrere?" Julius blickte sich um, doch der Raum war menschenleer.

Roland stöberte in der Schallplattensammlung. Er hatte mal in einer Zeitschrift gelesen, dass man den Charakter eines Menschen deuten kann, wenn man seine Plattensammlung sieht.

Die Beatles, Sexpistols, Ezra Furman, Tom Odell, der Soundtrack zu Jenseits von Afrika, und drei Platten von Jake Bugg. Und hier noch eine Single von Tony Marshall mit dem Titel Tätärätätätä. Alles total verschieden – was kann das bloß für ein Typ sein? Im untersten Regal steht ein 16mm-Filmprojektor von Bauer, Typ P8M Selecton. Filme dazu liegen hier auch. Mal sehen, was haben wir denn da. Schlock – das Bananenmonster, Frankenstein Junior, Der Schrecken vom Amazonas. Hm, kenne ich alle nicht, sind bestimmt langweilige Dokumentarfilme.

Toby und Julius interessierten sich für das überdimensional große Funkgerät, das die ganze Zeit ein leises Brummen von sich gab. Gerade wollten sie per Kippschalter verschiedene Frequenzen ausprobieren, da hörten sie Stiles hektisch und aufgeregt bellen. Aufgeschreckt liefen die Jungs Richtung Ausgang. Als sie die Leiter nach oben klettern wollten, sahen sie erschrocken die Umrisse einer Person, die gerade nach unten stieg. Voller Panik schlichen die Jungs zurück in den Wohnraum und flüsterten: „So eine Scheiße, was machen wir denn jetzt?", wollte Julius wissen.

„Keine Panik", beruhigte Roland. „Wir sagen einfach die Wahrheit, dass wir das hier durch Zufall gefunden haben und wir unseren Freund vermissen."

Die Schritte wurden lauter. „Er kommt näher. Roland, sprich du", schlug Toby vor.

„Habt ihr das gehört? Er ist durch die erste Tür gegangen, an der wir vorbeigekommen sind. Und er hat sie hinter sich zugeschlagen", kommentierte Julius.

Gerade wollten die drei den Raum verlassen, da verschloss sich die stabile Eisentür, angetrieben von einem hörbaren elektronischen Mechanismus. Die Jungs saßen in der Falle. Bevor einer von ihnen die neue Situation analysieren konnte, ertönte eine Stimme aus dem Funkgerät die erst gelassen, dann aber leicht gereizt klang.

„Was ist mir denn da ins Netz gegangen? Eine kleine Pfadfinderbande auf Abenteuersuche? Wer verflucht seid ihr und was verflucht wollt ihr?"

KAPITEL 5 – FROY

Toby ging zum Funkgerät und sprach in das Mikrofon, das mit einer ein Meter langen Schnur mit dem Gerät verbunden war: „Guten Tag, wir haben auf der Suche nach unserem Freund den Eingang zu diesem Bunker entdeckt und dachten, er wäre vielleicht hier. Er wurde gestern Abend entführt."

„Tja, das Leben ist nun mal kein Kinderschlecken", ertönte es klar und deutlich aus dem Lautsprecher des Funkgerätes. Toby drehte sich um und sah seine Freunde verwundert an: „Hat der eben Kinderschlecken gesagt? Das heißt doch Zuckerschlecken, oder bin ich hier jetzt der Blöde?"

Julius nickte zustimmend. „Achtung! Die Tür geht auf!"

„Das sehen wir selber, lieber Julius", sagte Roland leise.

Die eiserne Schiebetür öffnete sich langsam. Die sechs Augen fixierten geradezu den Spalt, der von Sekunde zu Sekunde größer wurde. Ein freundlicher junger Mann kam zum Vorschein, der ein leichtes Lächeln von sich gab. Er strahlte eine gewisse Gutmütigkeit aus. Ein Typ, den man auf jeden Fall zum Grillen einladen würde. Anfang zwanzig, fast ein Meter neunzig groß, grüne Augen, von der Sonne leicht ausgeblichene blonde Haare – zu einer seriösen Frisur geschnitten –, und gebräunte Haut. Auf den ersten Blick sehr sympathisch. In seinen Händen hielt er ein imposantes Scharfschützengewehr mit Zielfernrohr, dessen Lauf er auf den Boden richtete.

Na der sieht ja mal richtig gut aus, dachte Roland.

„Jetzt guckt doch nicht so eingeschüchtert. Ich bringe euch schon nicht um. Mein Name ist übrigens Froy."

Toby, Roland und Julius standen stumm und unsicher im Raum und starrten Froy an. Wahrscheinlich hatten sie sich innerlich auf eine unangenehme Begegnung eingestellt, die sich unter Umständen gewalttätig entwickeln hätte können – und jetzt stand da ein netter Typ, mit dem man am liebsten ein Bier trinken würde.

„Okay, ich glaube nach den Regeln der Freundlichkeit solltet ihr mir jetzt eure Namen verraten", grinste Froy.

Roland ging lächelnd auf Froy zu, gab ihm die Hand, und sagte: „Hi, ich bin der Roland."

Toby und Julius sahen sich an und konnten sich ein leichtes Grinsen nicht verkneifen – denn beiden kam der Gedanke, dass Roland eine gewisse Sympathie für Froy entwickelt hatte. Da sie sich aber nichts anmerken lassen wollten, begrüßten sie den Bewohner des Bunkers ebenso freundlich. Schnell herrschte eine gute Stimmung, die vier Jungs verstanden sich ausgezeichnet. Froy erzählte, dass ihn vor ein paar Jahren ein Freund überredet hatte, durch den Amazonas-Regenwald zu wandern. Dabei entdeckten sie den stark heruntergekommen Bunker, den Froy mithilfe eines Lottogewinns komplett sanierte und mit allerlei technischen Finessen ausstattete. Er zog von der Millionenstadt New York in diese verlassene Gegend, an seinen persönlichen Zufluchtsort, weit weg von der Zivilisation und weit weg von Menschen. Sein Freund ging nach Amerika zurück – er war auf die Zivilisation angewiesen. Nein, Froy war nicht unbedingt ein Menschenfreund, aber wenn er Leute mochte – was nicht allzu oft vorkam –, machte er eine Ausnahme.

Roland erzählte alle Details, die Marks Entführung betrafen. Froy wusste, zu welchem Stamm die Kidnapper gehörten, und klärte die Jungs auf:

„Die Zorgogos – so nennen sie sich – leben schon seit vielen Generationen hier im Amazonas-Regenwald, im sogenannten Dorf der Unschuld. Sie haben eine ganz eigene Vorstellung vom Leben. Zum Beispiel ernähren sie sich überwiegend vegetarisch, der Regenwald bietet ja genug Obst und Gemüse."

„Genau das meine ich auch", warf Toby ein. „Aber was meinst du mit überwiegend? Heißt das, sie essen auch Fleisch?"

„Ja, das heißt, sie essen auch Fleisch. Allerdings töten die Zorgogos keine Tiere, denn jedes Lebewesen ist ihnen heilig. Sie sind davon überzeugt, dass sich Mensch und Tier das Leben auf diesem Planeten teilen sollten. Gegenseitiger Respekt sozusagen. Dieser Stamm ist fest davon überzeugt, dass der Mensch nur Gast auf der Erde ist, und sich dementsprechend verhalten sollte."

„Was ist denn jetzt mit dem Fleisch?", fragte Roland.

„Es ist so: Wilderer, die hier in den Regenwald kommen, um Tiere wegen des Geldes zu töten, werden von den Zorgogos gefangen genommen, und verspeist. Die noch lebenden werden gefesselt und in eine körpergroße Tonform gelegt – so wie man Speisen im Römertopf zubereitet. Dann wird unter der Form ein Feuer gemacht. Nach acht bis zehn Stunden kann serviert werden."

„Ich glaube, mir wird schlecht", meinte Julius, während er sich die Hände vor den Bauch hielt. „Woher weißt du das so genau?"

„Ich war dabei. Als ich damals den Bunker ausbauen wollte, entführten sie mich. Allerdings konnte ich den Voodoo-Priester Papa Tundee im Dorf davon überzeugen, dass ich kein Wilderer bin und einfach nur in Ruhe leben möchte. Seitdem tolerieren sie mich. Und jetzt lasst uns losgehen, euren Freund holen. Ich kenne den Weg."

Toby lag da noch eine andere Sache auf dem Herzen:

„Da ist noch was. Ich weiß, es hört sich unglaubwürdig an, aber gestern Abend wurden wir von so einer Art Zombie überrascht. Wir haben ihn erledigt und anschließend begraben."

Froy sah die Jungs ungläubig an.

„Dazu kann ich nichts sagen. Hört sich allerdings ein bisschen abwegig an. Wie auch immer, wir sollten jetzt lieber los und euren Freund befreien."

Roland war etwas angesäuert. Froy könnte ihnen ruhig etwas mehr Glauben schenken.

„Wenn wir unseren Mark befreit haben, graben wir dieses Monster aus, dann kannst du es selbst sehen."

„Nur noch eines", unterbrach Julius. „Können wir bitte, bevor wir losgehen, noch was essen? Irgendwas, was schnell geht, vielleicht Fingerfood oder was für unterwegs. Du hast doch hier so viele Konserven, Froy."

„Also gut, wie heißt es so schön? Ein leerer Magen ist des Teufels Tummelplatz. Ich habe eingefrorene Hamburger-Pattys – in fünf Minuten kann ich leckere Cheeseburger zubereiten."

Worte, die für Roland wie Musik in seinen Ohren klangen:

„Du bist ein so sauguter Kerl, Froy!"

„Danke, Roland. Ich würde sagen, holen wir erst euren Freund, dann machen wir Essen. Man kann nie so genau wissen, was in diesem Dorf der Unschuld so vor sich geht. Außerdem traue ich dem Voodoo-Priester nicht über den Weg. Ich sehe, ihr seid bewaffnet – ich bin es auch, wie ihr unschwer erkennen könnt. Gepäck brauchen wir keines, außer fünf Seilrollen."

„Was denn für Seilrollen?", wollte Roland wissen.

„Das erkläre ich euch, wenn es soweit ist. Bis dahin achtet darauf, dass ihr genug Wasser habt. Ihr könnt auch Wasser aus dem Mayantuyacu-Fluss in eure Flaschen füllen, abgekocht ist es ja bereits. Auf jetzt!"

Göttlich – dieser Gesichtsausdruck von Roland, als er realisiert hat, dass es nun doch nichts Essbares gibt, dachte Toby grinsend.

Froy übernahm das Kommando und marschierte Richtung Ausgang. Roland ging unmittelbar hinter Froy, dann folgten Toby und Julius. Als die vier aus der Luke stiegen, freute sich Stiles über alle Maßen. Es schien, als würde es ihm nichts ausmachen, dass nun ein *Neuer* im Rudel war. Froy verschloss die Luke, indem er das eiserne Rad mehrmals nach rechts drehte. Dann hielt er für ein paar Sekunden inne.

„Wenn man die Luke schließt und das Rad bis zum Anschlag dreht, aktiviert sich nach genau fünf Sekunden eine Art Sicherheitssystem: Alle Türen verschließen sich automatisch und das Licht geht aus. Außerdem ist der Strom weg."

„Und wozu soll das gut sein?", fragte Roland.

„Na ja, der Elektriker, der damals die Leitungen verlegte, meinte, er könnte so was einrichten. Ich fand das irgendwie cool. Außerdem kann dann keiner die Räume in meiner Abwesenheit betreten. Beim Aufdrehen muss man übrigens wieder ein paar Sekunden das Rad zum Anschlag drehen, damit die Sperre wieder entriegelt wird."

„Heißt also, jeder kann die Luke öffnen und einsteigen – aber es bringt nicht viel, weil man nur Zugang zum Flur hat", fasste Toby zusammen.

„Korrekt."

Roland leinte den Hund ab und führte ihn auf seiner linken Seite. Froy, der die Umgebung in-und auswendig kannte, ging zügig voran.

„Wenn wir dieses Tempo beibehalten, sind wir in ungefähr einer Stunde dort. Aber ich sage es lieber gleich – dieser Weg ist nichts für Phimosen."

Toby begann zu lachen und klärte Froy auf: „Du, das heißt Mimosen. Phimosen ist die Mehrzahl einer Vorhautverengung."

Julius und Roland konnten ihr Grinsen ebenfalls nicht verbergen. Froy schien das nicht zu verstehen: „Ich weiß nicht, was du damit meinst. Ich habe keine Probleme mit meiner Vorhaut."

Wieder überkam die drei Blackfin Boys ein kurzes, aber herzhaftes Gelächter, welches sie krampfhaft zu unterdrücken versuchten. Froy bekam von dem nichts mit.

Das stetige Tempo verlangte den Jungs alles ab. Deswegen herrschte während des Marsches über den schmalen Trampelpfad, der sich durch den dichten Dschungel schlängelte, angestrengtes Schweigen.

Eine gute Zeit, um seine Gedanken kreisen zu lassen – dann vergeht auch die Zeit schneller, dachte Roland.

Hoffentlich geht es dem Kleinen gut. Ich glaube, wenn diese Einheimischen ihm etwas angetan haben, werde ich zum Tier.

Froy hingegen versuchte, die Blackfin Boys zu analysieren: *Die scheinen ganz nett zu sein – na ja, dieser Toby wirkt manchmal etwas klugscheißerisch. Julius ist irgendwie ganz knuffig, eher zurückhaltend. Roland sieht echt gut aus, dazu noch der durchtrainierte Body, nicht schlecht. Endlich mal ein paar Leute in meinem Alter. Na ja, so ziemlich. Ich glaube, wenn wir ihren Freund finden, und die weiterhin so nett sind, biete ich ihnen für ein paar Tage einen Schlafplatz im Bunker an. Platz genug habe ich ja. Und bisher haben die Jungs ja nur meinen Wohnraum gesehen. Ich glaube, sie fallen aus den Socken, wenn ich ihnen den ganzen Bunker präsentiere.*

In seinen trüben Gedanken, und völlig unbewusst, drehte sich Roland kurz zu Toby und Julius um. Es war kein langer Blickkontakt, vielleicht zwei oder drei Sekunden. Die beiden konnten in Rolands Gesicht lesen, dass er sich große Sorgen um Mark machte. Genau das wollte Roland auch: Seine besten Freunde sollten wissen, wie es tief in ihm aussah. Toby und Julius ging es ebenso. Da war sie wieder – die wortlose Verständigung zwischen den Jungs, die sich in vergangener Zeit entwickelt hatte. Das war einfach so ein Gruppen-ding, eine unkomplizierte Art, seine Gefühle mitzuteilen, ohne großartig darüber zu reden. Jeder von den Blackfin Boys bediente sich dieser simplen, aber äußerst effektiven Kommunikation. Jedes Mal dann, wenn Worte überflüssig waren.

Der Weg wurde immer steiler, die Kräfte der Jungs ließen nach. Wenn vier Jungs und ein Rottweiler schnaufen und hektisch atmen, ist das ganz schön laut.

„Gleich sind wir da", keuchte Froy. „Das Schlimmste haben wir geschafft. Dann kommt es nur noch darauf an, ob ihr schwindelfrei seid."

Die Blackfin Boys waren so außer Atem, dass keiner von ihnen nachfragte, wieso man denn schwindelfrei sein sollte. Die Frage wurde aber relativ schnell beantwortet. Froy stoppte vor einer dreißig Meter langen Hängebrücke, die aus alten Holzstäben bestand und von einem dunkelbraunen zerfledderten Tau zusammengehalten wurde. Würde man hier herunterfallen, wäre die Überlebenschance zwar recht hoch – die Brücke hing nur auf einigen Metern Höhe. Aber selbst ein Beinbruch wäre in dieser verlassenen Gegend ein riesiges Problem.

„Hier müssen wir rüber. Und schön an den seitlichen Seilen festhalten. Die Brücke ist etwas wackelig", warnte Froy.

„Na ja, so hoch, dass man schwindelfrei sein muss, ist sie nun auch nicht", meinte Roland in einem enttäuschen Ton.

„Das war nicht auf diese Hängebrücke bezogen, sondern auf das, was danach kommt, lieber Freund."

„Siehst du, Roland?! Ich glaube, da gibt es gleich eine Überraschung", grinste Toby.

Julius hielt sich eher bedeckt und murmelte leise vor sich hin: „Das ist wieder so eine Situation, in der gleich etwas völlig Unerwartetes passiert. Das rieche ich doch. Und Froy benutzt noch nicht mal diese Seilrollen, von denen er vorhin sprach. Also wird es ja wohl noch höher gehen."

„Ich gehe vor, und ihr folgt mir im Abstand von fünf Metern – nur zur Sicherheit, ich weiß nicht, wie viel die Brücke aushält. So wäre das Gewicht dann wenigstens verteilt", rief Froy und betrat als Erster den wackligen Pfad. Roland wartete, bis Froy fünf Meter zurückgelegt hatte, und folgte ihm zusammen mit Stiles. Der Abgrund war durch die Zwischenräume der Holzstäbe deutlich erkennbar – das machte dem armen Fellbatzen tierische Angst. Roland blieb stehen und drehte sich zu Toby und Julius um.

„Jetzt einer von euch, so schlimm ist das gar nicht, es wackelt nur ein wenig."

„Danke für die Info, Roland", sagte Toby laut und betrat vorsichtig die ersten Holzlatten. „Das Fiese ist, du musst nach unten gucken, weil die Holzlatten alle verschiedene Abstände haben. Zwar nur um wenige Zentimeter, aber es reicht, um den Abgrund deutlich zu erkennen. Hast du gehört, Julius?"

„Ja, das habe ich. Gut, dass ich keine Höhenangst habe. Froy ist schon fast auf der anderen Seite, na dann mal los."

In diesem Moment waren die vier Jungs gemeinsam auf der Hängebrücke, die bei jedem Schritt quietschte und knatschte und dazu noch leicht schwankte. Trotzdem erreichten alle fünf unbeschadet die gegenüberliegende Seite. Froy machte darauf aufmerksam, dass es durch die Höhe zu einem Unterdruck in den Ohren kommen konnte.

„Nachdem wir erfolgreich diese Mini-Schlucht überwunden haben, wird es jetzt etwas heftiger", kündigte Froy an. „Gentlemen, folgen Sie mir bitte."

Froy nahm seine Taschenlampe, die an seinem Gürtel befestigt war, und zog mit einer Hand einen pferdegroßen Busch zur Seite. Ein kleiner dunkler Eingang zu einer Felshöhle kam zum Vorschein. Die Blackfin Boys staunten.

„Jetzt nur noch knappe einhundert Meter durch diese Höhle, dann haben wir es fast geschafft", sagte Froy. „Und auf geht's!"

Ohne zu murren, folgten die Blackfin Boys ihrem Reiseführer, denn um sich zu beschweren oder ihre Erschöpfung mitzuteilen, fehlte ihnen der Atem. Der Weg durch die Höhle verlief zunächst ohne Komplikationen. Der Boden war ziemlich eben und es schien, als ginge es fast nur geradeaus.

Wegen der geringen Breite der Höhle von ungefähr einem halben Meter mussten die Jungs hintereinander gehen. Froy blieb auf einmal stehen und leuchtete hinter sich.

„Alle da? Gleich treffen wir auf ein kleines Hindernis. Ein Felsen, der den Weg versperrt. Ist aber nicht weiter wild, das Ding ist nur knapp einen Meter hoch, wir klettern einfach drüber. Das schaffen wir locker ohne Hilfsmittel – also ich meine, ohne Leiter, Seile und so was."

Ich bin so was von fertig, dachte Julius. *Aber ich werde mir nichts anmerken lassen. Toby und Roland schnaufen auch schon. Anscheinend hat Stiles die beste Konstitution von uns. Na, was soll's, Hauptsache ist ja wohl, dass wir so schnell wie möglich einen gesunden und munteren Mark finden.*

Den Felsen bewältigten die Jungs mit Bravour. Das war auch kein großes Kunststück – einen halben Meter hohes Gestein sollte man als junger Mensch problemlos überwinden können. Es sei denn, dieser junge Mensch ist ohnehin schon etwas angeschlagen. Als Toby auf den Felsen kletterte, legte er sich bäuchlings nieder.

„Ich bin total verbraucht, ich glaube, es geht gar nichts mehr."

„Trink ein paar Schluck Wasser. Wir sind in weniger als drei Minuten im Dorf bei Mark."

„Ich glaube dir nicht, Froy. Aber ich bin neugierig."

Nach einer zwanzigsekündigen Trinkpause ging es schließlich zum Endspurt. Als die Jungs den Ausgang der Höhle erreichten, hielten sie sich mit ihren Händen die Augen zu. Der heftige Lichtunterschied von sehr dunkel zu sehr hell strapazierte die zarten Äuglein ein wenig. Was sich ihnen dann aber bot, war eine angemessene Entschädigung.

„Wow, ist das eine Aussicht", schwärmte Roland. „Das Tal da unten, wie tief ist es? Oder besser gefragt: In welcher Höhe befinden wir uns?"

„Gute Frage. Ich denke, wir sind ungefähr eine Meile über dem Tal", überlegte Froy.

„Es sieht aus wie eine riesige Spielzeuglandschaft. Der ganze Wald, die Bäume, der Fluss – alles scheint so winzig von hier oben", meinte Toby begeistert.

Julius war beunruhigt: „Ich will diesen romantischen Augenblick ja nicht zerstören – aber wenn ich hier zwei Drahtseile sehe, die komplett über das ganze Tal gespannt sind, die Seilrollen, die Froy vorhin erwähnte, kombiniere, würde ich schätzen, wir überqueren an diesen Seilen das Tal."

Froy stellte sich vor Julius, legte beide Hände auf seinen Schultern ab und blickte ihm in die Augen. Dann sagte er leise: „Wo du recht hast, hast du recht, mein Freund."

„Wieso gibt es zwei Seile? Führen die jeweils woanders hin?", fragte Toby.

„Also, ich erkläre euch das mal: Wir haben hier ein Drahtseil, dessen Ende auf der anderen Seite tiefer liegt, als wir uns befinden. Das bedeutet, dieses Seil hat ein Gefälle. Und das wiederum bedeutet, dass die Schwerkraft den Antrieb besorgt, wenn wir uns mit den Seilrollen einhängen. Das wäre die Erklärung für das eine Drahtseil. Bei dem zweiten sieht man deutlich, dass das gegenüberliegende Ende höher sein muss als der Ort, an dem wir uns befinden. Und das bedeutet?"

„… dass das zweite Seil für den Rückweg benutzt wird", vervollständigte Julius.

„Sehr richtig. Wenn wir nachher zurück wollen, müssen wir im Dorf auf einen ziemlich hohen Baum klettern. An dem ist das Drahtseil befestigt."

„Und das bedeutet, dass wir dann, also auf diesem Baum, höher sind als jetzt hier, und dadurch ein Gefälle haben, welches uns wieder hier her zum Ausgangspunkt bringt", meinte Roland.

„Ich sehe, ihr habt das Prinzip verstanden. Ist ja eigentlich auch ganz einfache Physik. Man muss nicht unbedingt technisch serviert sein, um das zu verstehen", gab Froy von sich.

„Du meinst technisch *versiert*, Froy – nicht *serviert*. Es sei denn, du möchtest jemanden eine Cola *servieren*.“

„Ich weiß nicht, was du meinst, Toby.“

Und das tat Froy tatsächlich nicht, was ihn auch nicht weiter störte. Stattdessen holte er fünf Seilrollen aus seinem Rucksack und drückte jedem der Jungs eine in die Hand. Natürlich warf das folgende Frage auf: „Was ist mit Stiles? Der kann sich ja wohl kaum mit seinen Pfoten an dem Teil festhalten?!“, meinte Julis entsetzt.

„Der Hund bleibt dann eben hier. In zwei Stunden oder so sind wir eh wieder da“, meinte Froy ganz lässig.

Roland sah die Sache etwas anders:

„No way, Alter! Das kannst du völlig vergessen. Ich schlage vor, dass einer hier bei Stiles bleibt. Den Hund hier seinem Schicksal zu überlassen, das ist nun wirklich nicht drin.“

„Und wer soll das sein?“, wollte Toby wissen.

Roland seufzte. „Ist schon gut – ich bleibe. Ihr geht ja nicht in dieses Dorf, um zu kämpfen, sondern freundlich um die Herausgabe unseres Freundes zu bitten. Und da es auch mein Vorschlag war, bin ich gern bereit, hier mit unserem übergroßen Fellbatzen zu warten.“

„Das finde ich super von dir, Roland. Lass dich nicht wegfangen“, sagte Julius in einem Ton, der verriet, dass er eigentlich nicht mit Rolands Entscheidung einverstanden war. Froy gab nun Anweisungen, wie mit der Seilrolle zu verfahren sei und wie man sie in das kilometerlange Seil einhängte. Einen Knackpunkt hatte das Ganze: „Ihr könnt euch während der Fahrt nur an den beiden seitlich angebrachten Griffen der Seilrolle festhalten. Lasst ihr los, stürzt ihr ab. Das ist ganz einfache Chemie.“

„Physik – aber egal“, verbesserte Toby. „Gibt es zu diesen Seilrollen keine Gurte? Oder irgendeine Vorrichtung, in die man sich einhängen kann, damit man eben nicht abstürzt?“

„Ja, jetzt wo du es sagst! Ich hatte mal solche Gurte, weiß aber nicht mehr, wo die abgeblieben sind. Aber es geht zum

Glück auch ohne", meinte Froy beruhigend.

„Wie lang ist das Seil denn überhaupt, und mit welchem Tempo müssen wir rechnen?", wollte Julius wissen.

Froy überlegte krampfhaft, indem er seine Augen zukniff und seinen Kopf Richtung Himmel hob.

„Hmm, ich denke so ein bis drei Kilometer wird das schon lang sein. Ich war bisher nur zweimal hier. Und was das Tempo angeht: Vielleicht so achtzig Meilen pro Stunde. Könnten auch einhundertvierzig sein, weiß nicht so genau. Denkt dran – gut festhalten. Ich mache den Anfang, dann seht ihr, was auf euch zukommt."

Froy hängte seine Seilrolle in das zwei Zentimeter dicke Drahtseil und umfasste mit seinen Händen die beiden seitlichen Griffe. Dann ging er ein paar Schritte bis zum Abgrund. Nach einem kurzen, aber lauten Durchatmen, hob er seine Beine an. Für den Rest sorgte die Schwerkraft. Hängend und ungesichert fuhr er an dem Drahtseil zum gegenüberliegenden Fels, der so weit entfernt war, dass man ihn kaum erkennen konnte.

Bei einem Absturz würde er eine ganze Meile in die Tiefe fallen. Ein surrendes Geräusch, das von den Rollen ausging, die auf dem Seil lagen, begleitete Froys kurze Reise. Die Jungs sahen sich entgeistert an.

„Ich bin so froh, dass ich mich entscheiden habe, hier zu warten", meinte Roland grinsend.

„Froy hat uns gar nicht erklärt, wie man mit dem Ding bremst", stellte Julius fest. „Oder weißt du das, Toby?"

„Nein – ich weiß nur, dass die Geschwindigkeit richtig hoch ist. Seht doch nur Froy an, der wird immer kleiner und immer schneller. Auf was haben wir uns da wieder eingelassen?"

Roland setzte sich gelassen mit Stiles in den Schatten. Während er die Beine ausstreckte und seine Arme hinter seinem Hinterkopf verschränkte, meinte er gelassen:

„Ihr müsst die Seilrolle in das Stahlseil einhängen. Den

Rest besorgt die Chemie.“

Dann bekam Roland einen kurzen Lachflash, was Toby und Julius überhaupt nicht witzig fanden. Zögerlich hängte Julius seine Seilrolle in das Drahtseil, das genau über ihm gespannt war. Als er am Abgrund stand, blickte er nach unten.

„Das ist so verdammt hoch – oder tief – egal, es gefällt mir nicht.“

„Versuche einfach, geradeaus zu gucken, vielleicht hilft es“, gab Toby als Rat, um seinem Freund die Angst zu nehmen.

Julius hob seine Beine an, das Gefälle des Seils ließ die Fahrt beginnen. Als er ungefähr fünfzig Meter entfernt war, gab es für Roland einen kräftigen Anschiss: „Du hättest ruhig auch mal was Positives von dir geben können, ist schon schwer genug, das alles hier. Stell dir vor, einer von uns rutscht ab oder kann sich nicht mehr festhalten – dann war es das – endgültig.“

„Ach komm, Toby, so schlimm ist es ja nun wirklich nicht. Wenn du Angst hast, bleibst du hier und ich gehe rüber“, bot Roland überraschenderweise an.

„Okay, Roland, dann mach du das, ich warte hier.“

„Oha – damit hätte ich jetzt zwar nicht gerechnet, aber gut. Her mit der Seilrolle, wir sehen uns später. Und pass auf unsere Klamotten auf – und auf Stiles.“

Roland machte kurzen Prozess. Er hing die Rolle in das Seil, und nahm sogar noch Anlauf, bevor er den Boden unter den Füßen verlor. Toby sah leicht geplättet hinter Roland her. Der war bisher der schnellste von allen.

„Es ist nicht zu fassen, dieser Kerl ist einfach der Härteste“, sagte Toby laut zu sich selbst.

KAPITEL 6 – DIE NACKTEN
UND DIE TOTEN

Ich hätte nicht gedacht, dass eine Meile so hoch sein kann, dachte Roland. *Der Wald und die vielen kleinen Seen sehen aus wie eine Landschaft auf einer Platte einer Spielzeugeisenbahn. Aber egal, ich hab ordentlich Geschwindigkeit drauf, da vorne sehe ich auch schon das Ziel. Sieht aus, wie ein großes Netz. Das soll wohl die Bremse sein. Komisch, der Landeplatz sieht genauso aus, wie auf der Seite, von der ich gekommen bin. Da stehen Julius und Froy und winken, diese Spinner. Jetzt könnte es langsam ein wenig langsamer werden. Oha – das sieht nicht gut aus.*

Julius und Froy spekulierten indes über Rolands Ankunft: „Ich glaube, Rolands Landung wird nicht so ganz schmerzfrei ausgehen, so schnell wie der ist. Oder was meinst du, Froy?"

„Ich denke das Gleiche."

„Aaaaaachtuuuung, ich kommeeeee!!!"

Roland fuhr völlig ungebremst in das grüne Auffangnetz, das die Dorfbewohner anscheinend aus Blättern und Pflanzenteilen zusammengeschustert hatten. Da dieses Naturnetz leicht nachgab, waren Rolands Verletzungen nicht allzu dramatisch.

„Au, Mann, was für eine Landung. Fühlt sich an, als hätte ich mir alles gebrochen", gab Roland wehleidig von sich. Froy nahm sich der Sache unverzüglich an.

„Der Aufprall war wirklich heftig. Hast du Anlauf genommen oder so? Es reicht aus, wenn man einfach nur seine Füße hebt. Na ja, egal, zieh mal dein T-Shirt aus. Mal sehen, ob du verletzt bist."

Roland kam Froys Bitte nach. Beim Abstreifen seines Shirts stöhnte der kräftigste der Blackfin Boys – da tat wohl wirklich etwas weh. Froy tastete vorsichtig mit seinen Händen Rolands Rücken ab und drückte auf verschiedene Stellen.

„Wenn was weh tut, dann sagst du es, okay?"

„Yep – kein Problem."

Mann, hat der warme Hände, dachte Roland.

„Gut, scheint alles in Ordnung zu sein. Dreh dich mal um."

Wieder tastete Froy Roland mit seinen Händen ab, dieses Mal Brust, Bauch und Magen. Bei einem kurzen, zufälligen Blickkontakt zwischen den beiden grinsten sie sich kurz an. Julius, der die Situation genau beobachtete, sagte sarkastisch: „Wollt ihr euch ein Zimmer nehmen, oder was? Wieso bist du überhaupt hier, Roland? Toby wollte doch kommen?!"

„Lange Geschichte. Lasst uns keine Zeit verlieren."

„Gut, bei dir scheint alles okay zu sein. Bist nur ein bisschen verspannt. Eine kräftige Rückenmassage kann da Wunder wirken."

„Ich komme drauf zurück, Froy."

„Fällt dir sonst gar nichts auf, Roland? Ich meine, wenn du dich so umsiehst?", fragte Julius, als ob er seinen Freund für unzurechnungsfähig halten würde. Roland checkte ein paar Sekunden lang die Umgebung ab, bevor es schließlich doch Klick machte: „Oh, da oben auf dem Holzpodest steht so eine Art Gondel, die man in das Drahtseil hängen kann. Da haben bestimmt vier oder fünf Personen Platz – und ein ausgewachsener Rottweiler hätte auch noch Platz gehabt.

Wieso sind wir nicht damit gefahren, Froy?", fragte Roland vorwurfsvoll.

„Habe ich doch schon Julius gesagt: Das ist wohl eine Neuanschaffung der Dorfbewohner. Bei meinem letzten Besuch hatten die dieses Teil noch nicht. Ist doch gut, dann können wir auf dem Rückweg bequemer reisen als auf dem Hinweg", so Froys Erklärung.

„Oder wir machen es folgendermaßen", meinte Roland. „Wir fahren mit der Gondel zurück und holen Toby und Stiles ab. Dann sind wir wenigstens alle zusammen."

Julius legte seine Hand auf Rolands Schulter.

„Genau so hatte ich mir das auch vorgestellt, mein großer blonder Freund."

„Also gut. Das Hin- und Hergefahre nimmt eh nur vier oder fünf Minuten in Anspruch – darauf kommt es jetzt auch nicht mehr an", meinte Froy.

Der Plan wurde in die Tat umgesetzt. Sie kletterten eine vier Meter lange Leiter hoch, die zu einem behelfsmäßig errichteten Holzpodest führte. Auf diesem stand die Gondel, die sie gemeinsam in das Seil einhängten. Roland kommentierte die Situation: „Also, wir sind auf dieses Podest geklettert, weil wir von dieser Höhe ein Gefälle brauchen, um überhaupt in Fahrt kommen zu können. Ist ja echt gut ausgedacht. Und diese Gondel ist aus Aluminium oder so und hat sogar eine kleine Bremse – voll die Luxusausstattung. Ich dachte, das wäre ein Stamm weitab jeglicher Zivilisation?"

„Die Drahtseilbahn hat die Regierung von Peru gebaut. Sie wollten den Zorgogos die Möglichkeit geben, Kontakt zur restlichen Bevölkerung aufzunehmen – was sie aber nicht tun", erklärte Froy.

Die Gondel fuhr aufgrund des hohen Gewichts nicht ganz so schnell wie die Seilrollen, an denen auf der Hinfahrt nur eine Person hing. Entsprechend länger dauerte die Fahrt zurück zu Toby und Stiles, die ziemlich überrascht guckten, als sie Roland, Julius und Froy sahen, die cool und lässig am Rand der Gondel lehnten. Geschmeidig, schon fast elegant bremste Froy das Fahrzeug ab, und ließ es langsam bis zum Ende des Seils rollen. Jetzt hatten sie wieder festen Boden unter den Füßen.

„Einfach nicht fragen, Toby, schnapp dir Stiles und dann steigt ein", befahl Julius, um die ganze Sache zu verkürzen. Während Froy und Roland die Gondel in das andere Seil einhängten, erklärte Julius dann aber doch, was in den letzten Minuten geschehen war.

„So, jetzt bist du wieder auf dem Laufenden, Toby. Ach ja, Froy und Roland haben wild miteinander geflirtet. Ich dachte schon, ich wäre in dem Film *Die blaue Lagune*."

Wieder grinsten sich Roland und Froy verschmitzt an.

„Ihr wart doch nur fünf Minuten weg?!", stellte Toby verwundert fest. „Na ja, macht nix, auf zu Mark."

Toby flüsterte heimlich in Julius' Ohr: „Das ist mir schon von Anfang an aufgefallen. So wie die zwei sich andauernd anschauen, da geht bestimmt noch was – wette ich mit dir."

„Ach, ist dieser Fahrtwind nicht herrlich? Hier oben fühlt man sich total frei!", schwärmte Roland.

„Und total verliebt", flüsterte Julius zu Toby.

Diese Ankunft lief wesentlich sanfter ab, als die von Roland zuvor. Froy führte die Jungs auf einen schmalen Trampelpfad und deutete an, dass es nun nicht mehr weit sei. Stiles war überglücklich, dass das Rudel wieder vereint war. Seine Freude unterstrich er mit dauerhaftem Schwanzwedeln. Die großen Bäume und Sträucher schützen alle Beteiligten vor der heißen Mittagssonne. Das galt auch für die acht mit Pfeil und Bogen bewaffneten Krieger, die auf einmal wie aus dem Nichts völlig lautlos auftauchten. Nur mit ein paar Lederfetzen bekleidet und grünen Blättern vor ihren Geschlechtsteilen zielten die Einheimischen mit gespannten Bögen auf die Jungs. Ob sie überall tätowiert, oder nur bemalt waren, konnte man nicht genau unterscheiden, eines war aber Fakt:

Diese Bogenschützen sahen verdammt unheimlich aus. Das führte dazu, dass die Jungs wie versteinert stehen blieben und sich keinen Millimeter bewegten. Froy schien sich jedoch seiner Sache sicher zu sein:

„Hallo, wir wollen zu eurem Dorfältesten und Priester Papa Tundee. Bitte bringt uns zu ihm. Wir kommen mit friedlichen Absichten."

Es herrschte Stille, die Situation hatte sich nicht verändert.

Das gefällt mir überhaupt nicht, dachte Toby. *Am besten überhaupt nicht bewegen.*

Diese Pfeile kenne ich doch – das sind diese kleinen Betäubungspfeile, die einen üblen Kater nach sich ziehen. Na ja, Froy hat's ja im Griff, ging es Roland durch den Kopf.

„Und was nun?", fragte Julius.

Genau in diesem Moment schossen die stillen Krieger ihre Pfeile ab. Wie Dominosteine fielen die Jungs auf den weichen Dschungelboden. Stiles hatten die Krieger dieses Mal verschont. Einer von ihnen ging langsam auf den Hund zu und starrte ihn in gebückter Haltung unentwegt an. Dann nahm er das Ende der Leine und folgte dem Verlauf des Trampelpfades. Die ganze Zeit murmelte er unverständliche Worte. Stiles war wie hypnotisiert und ließ sich widerstandslos von dem Krieger führen. Dessen Stammesbrüder nahmen sich der bewusstlosen Jungs an. Sie warfen die schlaffen Körper über ihre Schulter und transportierten ihre Beute wie Mehlsäcke.

Der Erste, der aufwachte, war Roland.

Verdammt, haben diese Typen schon wieder ihre dämlichen Giftpfeile benutzt. Was zum Teufel ... ich bin völlig nackt und meine Hände sind auf dem Rücken gefesselt. Wo bin ich hier? Vielleicht schaffe ich es, mich umzudrehen. Irgendwer liegt doch dicht an mir. Was ist denn hier los? „Hallo? Aufwachen, wer auch immer das ist."

„Au, verdammt, was ist denn? Roland, bist du das?"

„Ja, Toby, ich bin's, Roland. Hast du eine Ahnung, wo wir hier sind? Schaffst du es, aufzustehen?"

„Ich bin gefesselt, meine Hände sind auf dem Rücken zusammengebunden. Warte, hier liegen noch andere – das sind Julius und Froy. Moment, wenn ich mich drehe ... ja, es funktioniert, ich kann aufstehen. Julius, Froy, aufwachen!"

„Was siehst du, Toby? Wo sind wir hier?", wollte Roland wissen.

„Es ist so dunkel hier drin. Sieht aus, als wären wir in einer Art rundem schwarzen Behälter aus Eisen oder so, der mit einer dunklen Plane bedeckt ist. Es fällt gerade so viel Licht rein, dass ich euch alle erkennen kann. Es ist verdammt eng hier, kein Wunder, dass wir fast alle übereinander lagen. Die Plane kann ich nicht wegziehen, ohne meine Hände."

Roland schaffte es nun auch, aufzustehen. Mit seinem Fuß stupste er Julius und Froy an, um diese aus der Bewusstlosigkeit zu holen.

„Hey ihr zwei, aufwachen und aufstehen. Im Stehen ist der Kreislauf stabiler, also hoch mit euch!"

Von Kopfschmerzen gequält, versuchten Julius und Froy in eine vertikale Lage zu kommen.

„Gar nicht so einfach im gefesselten Zustand", stellte Julius fest.

„Das verstehe ich nicht. Wieso haben die auf uns geschossen?", überlegte Froy. „Ich war doch schon mal hier, die müssen mich doch kennen? Und wo sind wir hier, was ist das?"

Toby fasste die ungemütliche Situation zusammen:

„Ich denke, das hier ist eine Art Silo oder so, das hallt auch so merkwürdig. Die Bodenfläche hat vielleicht zwei Quadratmeter, vielleicht auch weniger. Hoch ist unser Gefängnis vielleicht zwei Meter. Aber selbst wenn ich hochspringe, ich komme nicht an diese Plane. Wenn die weg wäre, könnte wir wenigstens sehen, was über uns ist."

Julius geriet in Panik: „Wieso hat man uns ausgezogen und gefesselt? Das kann doch nichts Gutes bedeuten!"

„Seid mal leise", meinte Toby. „Ich glaube, ich höre was – da draußen sind Menschen."

Mit einem Ruck wurde die Plane wie von Geisterhand weggezogen und das pralle Sonnenlicht wirkte auf die vier so stark ein, dass sie ihre Augen zukniffen. Einer der Krieger guckte über den Rand des eisernen Behältnisses und brüllte sie in einer fremden Sprache an. Die Jungs erschraken dermaßen, dass alle gleichzeitig vor Angst schrien – daraufhin verschwand die furchteinflößende Fratze.

„Ich zittere am ganzen Körper", gab Toby zu.

„Ich denke, wir zittern alle, weil wir alle eine scheiß Angst haben. Die Plane ist jetzt zwar weg, aber wir sehen nur blauen wolkenlosen Himmel, hilft uns nicht wirklich weiter", sagte Roland verzweifelt.

„Der Boden wird warm – oder fange ich an, zu spinnen?"

„Nein, Froy, der Boden wird wirklich warm", bestätigte Julis. „Da sind Stimmen, die kommen näher!"

Julius hatte recht. Die Stimmen wurden lauter, was darauf schließen ließ, dass die dazugehörigen Personen näher kamen. Ob die Absichten der Fremden gut oder schlecht waren, konnten die Jungs nicht so richtig deuten, denn schlagartig prasselten viele Liter Wasser auf die Ausgelieferten herab, die die Dorfbewohner mit Eimern transportierten – und das am laufenden Band.

„Die füllen den Behälter oder was das sein soll mit Wasser! Also entweder werden wir ersaufen, oder die wollen uns kochen!", spekulierte Toby.

Dicht zusammengepfercht standen die vier zusammen. Unaufhörlich schütteten die Dorfbewohner Wasser in ihr Gefängnis. Das Platschen war dermaßen laut, dass die Blackfin Boys und Froy kein einziges Wort wechseln konnten. Schon nach ein paar Minuten stand ihnen das Wasser regelrecht bis zum Hals – dann wurde die Wasserzufuhr gestoppt. Ein finster aussehender Mann blickte über den Rand und starrte die Jungs an. Sein Gesicht war weiß angemalt und sein Kopf war von schwarzen Federn eingehüllt. Froy erkannte die Person.

„Papa Tundee, was soll das alles? Warum habt ihr den Jungen entführt? Es ist der Freund meiner Freunde! Nehmt uns die Fesseln ab!"

„Keine Angst", sagte der Voodoo Priester in einem leisen, beruhigenden Tonfall. „Dieses heiße Bad wird die Bakterien töten, die ihr aus eurer sogenannten Zivilisation in unser Dorf geschleppt habt. Ich gebe nun noch einen grünen Saft in das Wasser, das euch umgibt. Er ist ausgepresst aus der Ayahuasca-Pflanze und heilt eure Seelen. In einer halben Stunde ist die Prozedur beendet. Ich lasse euch noch vier Holzklötze kommen, die werdet ihr brauchen. Gefesselt seid ihr, damit ihr nicht wie Käfer aus dem Kessel herauskrabbelt. Eurem Freund geht es gut, er schläft."

Dann verschwand der geheimnisvolle Mann und ließ einige Fragen zurück.

„Die gute Nachricht scheint zu sein, dass sie uns nicht essen wollen", meinte Froy.

„Was soll das heißen, dass unser Freund schläft? Wieso pennt der am hellichten Tag? Was ist mit Stiles? Ich höre ihn nicht bellen, schließlich sollte er das in so einer Situation. Das ist doch alles total unbefriedigend!", nörgelte Roland.

Julius stellte etwas ganz anderes fest:

„Der Boden wird langsam so richtig heiß. Noch zehn Grad mehr und unsere Füße bekommen Brandblasen. Außerdem wird mir ziemlich schwindelig. Das ist aber eher angenehm."

Ein weiteres, fremdes Gesicht sah über den Kesselrand und warf vier Holzklötze, auf einer Seite mit Eisen beschlagen, in das heiße Wasser. Diese versanken sofort und landeten auf dem Grund. Toby hatte da eine Idee:

„Ich glaube, wir sollen uns auf diese Klötze stellen, damit unsere Füße durch die hohe Temperatur nicht verletzt werden. Los, versucht mal, die Klötze mit euren Füßen in Position zu bringen – und dann draufstellen! Wenn das hier nicht so eng wäre. Auf der anderen Seite ist das gut, wir können uns alle gegenseitig anlehnen, dann fällt keiner von dem Klotz herunter."

„Toby, du verfügst über so eine unglaubliche Schläue, das ist ja der Wahnsinn", meinte Roland – lallend und deutlich grinsend. „Ich würde dich ja gern umarmen für deine Schläue, aber meine Arme sind gefesselt. Komm näher, ich gebe dir dafür einen Kuss."

„Du stehst doch unter Drogen, Roland. Oha, jetzt merk ich es auch, mir wird schwindelig, aber es ist ein angenehmes Gefühl. Als ob so eine Art warme positive Energie durch meinen Körper strömen würde. Dieser grüne Saft, das ist bestimmt so eine Art – ach, ist doch scheißegal. Waren deine Augen schon immer so blau?", fragte Toby, der jetzt auch mehr als gut drauf war. Roland gab Toby einen langen intensiven Zungenkuss – was zum ausgelassenen Gelächter bei Julius und Froy führte.

„Und ich hätte gedacht, es würde was zwischen Froy und Roland laufen!? Ich lach mich schlapp!", gab Julius völlig stoned von sich. Froy konnte sich unter diesen Umständen, umgeben von drei nackten Typen und dazu noch völlig zugedröhnt von dem Wirkstoff der Ayahuasca Pflanze, nicht zurückhalten. Auch der unvermeidliche und direkte Körperkontakt zu seinen neu gewonnen Freunden wirkte sich nicht gerade zurückhaltend aus.

„Ich gebe zu, dass es mich anmacht, wenn ich ständig eure nackte Haut auf meiner spüre. Ich bin nämlich bisexuell, müsst ihr wissen."

Wieder lachten alle gleichzeitig brüllend los. Roland versuchte, darauf zu reagieren, und schrie: „Ist ja der Wahnsinn – ich bin auch bisexuell."

Das Gelächter hallte in dem Kessel und die Stimmung war ausgelassen. Es schien, als würde der Lachflash gar nicht mehr nachlassen. Roland ging in die Hocke, um zu sehen, was unter Wasser passierte. Lachend tauchte er auf und meinte: „Unser neuer Freund sagt die Wahrheit: Es macht ihn wirklich an. Aber nicht nur ihn, da ist neben Froy und mir noch ein Dritter, dessen Fahnenmast steil nach oben ragt – ich sage aber nicht, wer das ist."

Froy machte Roland ein Kompliment:

„Du siehst niedlich aus, wenn deine blonden Haare nass sind."

„Ich weiß", erwiderte Roland.

Allmählich ließ das Gelächter langsam nach. Das lag aber daran, dass die Kräfte der Jungs schwanden. Genau genommen verschwand die aufgedrehte Energie zügig und schlug in ein stilles, völlig entspanntes Dasein um. Die Jungs grinsten zwar noch, sprachen nun aber völlig leise – dem Flüsterton nahe, die Augen nur noch halb geöffnet, als wäre alles auf einmal scheißegal. Froy legte seinen Kopf auf Rolands Schulter und verfiel in eine Art Schlummerzustand.

„Kannst dich ruhig anlehnen, Froy. Lass alles los", flüsterte Roland.

„Zu blöd, dass meine Hände gefesselt sind", meinte Froy.

„Wir sind die letzte Bastion der Zivilisation, wenn wir versagen, bedeutet das Anarchie!", lallte Toby leise. Das schien aber keinen zu interessieren.

Als Julius Roland und Froy so verträumt in ihrer Zweisamkeit beobachtete, machte sich eine kleine Depression in ihm breit.

„Und wer ist für mich da? Keiner, der mich mal in den Arm nimmt oder knuddelt. Selbst mein mörderischer Bruder hat das nie getan, dieser fiese Eisklotz."

„Komm an meine andere Schulter, Julius", bot Roland an. Das Angebot nahm der schläfrige Blackfin Boy an, was dazu führte, dass Toby seinen Kopf auf Julius' Schulter legte und sagte: „Ich bin so traurig! Ich bin so weit weg, aber trotzdem hier – kann mir das jemand erklären?"

Die Stimmung wurde depressiv. Roland erinnerte sich an ein Lied, das er so gut wie auswendig konnte: „Ich muss gerade an das Lied *Gute Reise* von den Toten Hosen denken. *Gleich hinterm Eingangstor bekommt man ein Schwindelgefühl – nur keine Panik – es wird gleich besser gehen.* Einfach fantastisch, dieser Song – und so wahr. Oder nicht? Oder doch?"

Froy fing an seinem ganzem Körper an zu zittern: „Was ist denn jetzt los? Mir ist so kalt, als ob wir im kalten Wasser der Arktis baden würden."

Toby, Roland und Julius begannen ebenfalls zu zittern – so stark, dass ihr Zähne klapperten.

„Wir müssen so dicht wie möglich zusammenrücken, damit uns die eigene Körperwärme vor dem Tod durch Erfrieren rettet!", schlug Toby vor.

Doch das dichte Zusammenrücken brachte nicht die gewünschte Wirkung, stattdessen wurde es immer kälter – zumindest dachten sie das. Plötzlich verloren die Jungs das Gleichgewicht und fielen samt Kessel um. Ein paar der Dorfbewohner brachten den Kessel zu Fall – das Wasser versank sofort im ausgetrockneten Boden. Vier der Dorfbewohner halfen den Jungs aus dem Kessel und lösten ihre Fesseln. Benommen und orientierungslos standen die nackten Jungs da und starrten auf die Dorfbewohner – die sie ebenfalls neugierig anstarrten. Papa Tundee kam auf sie zu.

„Jetzt seid ihr gereinigt, von Innen wie von Außen – und keine Gefahr mehr für mein Volk. Vor einigen Jahren sind hier schon mal Fremde aufgetaucht – sie waren krank und steckten einige meiner Leute an. Wenig später sind sie dann verstorben. Das will ich verhindern."

„Sag mal, Papa Tundee, das grüne Zeug war doch irgendein Drogengemisch, oder nicht?", unterstellte Froy.

„In erster Linie ist die Ayahuasca-Pflanze eine Heilpflanze, der Rausch und die verschiedenen Stationen der Gefühle, die man durchlebt, sind eine angenehme Nebenwirkung."

„Angenehm? Soll das ein Witz sein?", pöbelte Toby entrüstet.

„In der letzten halben Stunde habt ihr doch nur gelacht – oder sehe ich das falsch?"

Froy versuchte es auf die diplomatische Tour:

„Wie auch immer, Papa Tundee. Unsere Freundschaft pflegen wir seit ein paar Jahren. Jetzt bitte ich dich, den Jungen herauszugeben, den eure Kinderkrieger entführt haben. Wobei sich schon wieder die Frage auftut, warum?"

„Weil immer mehr fremde Menschen in unseren Lebensraum eindringen. Manche kommen, um seltene Tierarten zu stehlen, andere sind auf der Suche nach Goldminen. Alle haben aber eines gemeinsam: Sie sind gefährlich. Durch die Entführung wollten wir herausfinden, zu welcher Sorte Mensch ihr gehört. Gehen wir jetzt zu eurem Freund. Folgt mir."

Während die Jungs noch etwas drömelig hinter Papa Tundee hergingen, tauchten zwei junge Frauen auf, die den Jungs ihre Klamotten zurückgaben.

„Wir haben eure Kleidung in kochendes Wasser gelegt und anschließend sonnengetrocknet, um eure Keime zu vernichten", rief Papa Tundee. „Bei eurem Freund haben wir das Gleiche getan."

„Na super, kochendes Wasser. Die Sachen sind doch bestimmt alle eingelaufen", murmelte Julius vor sich hin.

Roland war in Gedanken versunken: *Ob diese Menschen hier wohl glücklich sind? Kein stressiger Job, keine Smartphones, kein Internet und keine Nachrichten – und damit nichts, was einen aufregen könnte. Stellt sich die Frage, ob das Leben hier das bessere ist. Ich weiß es nicht. Wie viele Einwohner wohl das Dorf hat? Wenn ich die Hütten zähle, komme ich auf ungefähr vierzig. In jeder leben vielleicht vier bis sechs Menschen.*

„Hallo? Erde an Roland! Zieh mal deine Klamotten an!", drängelte Julius.

Toby freute sich: „Sind ja doch nicht eingelaufen, passt wie angegossen. Wie haben die das nur gemacht? Wahrscheinlich irgendein geheimnisvolles Kraut, das das Einlaufen der Wäsche verhindert."

Tundee führte die Jungs in eine Hütte, die aus einigen Baumstämmen und vielen Ästen und Zweigen zusammengebaut wurde. Als Eingangstür diente ein ausgefranster roter Teppich, der nur zur Seite gezogen werden musste, um den Innenraum zu betreten. Eine brennende Fackel sorgte für eine schummrige Atmosphäre. In der Mitte des Wohnraumes stand eine Pritsche, auf der Mark – anscheinend schlafend – lag. Daneben Stiles, der kurz seinen Kopf hob, als würde er sagen wollen: *Ach, ihr seid es.*

Roland setzte sich zu Mark und rüttelte vorsichtig an ihm: „Hey, Kleiner, aufwachen. Ich bin es, Roland."

„Er ist in einer Art Zwischenwelt gefangen, er kann nicht so einfach aufwachen", sagte Papa Tundee.

„Was soll das heißen? Was habt ihr mit ihm gemacht?", fragte Roland fordernd.

„Nicht jeder verträgt das Gift, das einen für ein paar Stunden betäubt, manche sterben, andere sind dem Tode nah – so wie euer Freund. Eine Art Nebenwirkung, könnte man sagen. Um ihn zurückzuholen, muss einer in diese Zwischenwelt reisen. Ein Vertrauter sollte es sein, der euren Freund aufspürt und aus diesem Nichts herausführt. Nur so kann es gemacht werden."

„Wie kommt man in diese Welt?", fragte Julius.

„Der Herzschlag des Reisenden wird auf vier mal pro Minute verringert, indem eine Überdosis eines Rauschmittels eingenommen wird. Dann werde ich ein Ritual durchführen, das denjenigen in die Nähe eures Freundes bringt. Der dürfte jetzt, genau in diesem Moment, hilflos umherlaufen und finsteren Wesen mit bösen Absichten begegnen. Diese Wesen wissen, dass euer Freund nicht in diese Zwischenwelt gehört. Einige werden sich an ihn halten, um die Gelegenheit zu nutzen, mit ihm in unsere Welt zurückzukehren. Das wäre das Schlimmste, was passieren kann. Natürlich besteht ebenfalls die Gefahr, dass keiner mehr zurückkommt – weder euer

Freund, noch der Reisende."

„Ich werde das machen, ich hole Mark zurück!", meinte Julius in einem bestimmenden Ton.

„Bist du dir sicher?", fragte Roland. „Ich hatte mich schon innerlich darauf eingestellt."

„Irgendwas in mir sagt, dass *ich* es sein muss, der Mark da raus holt. Es ist ein merkwürdiges Gefühl, so wie ein Verlangen, das von Minute zu Minute stärker wird. Ich möchte dieser Empfindung nachgeben. Papa Tundee, lass uns die Sache angehen."

„Ich finde es beeindruckend, wie ihr füreinander da seid – und sogar euer Leben riskiert. Eine so tiefe und innige Freundschaft kannte ich bisher nicht", meinte Froy respektvoll.

„So ist das eben bei uns, da wird keiner hängengelassen. Es soll ja Leute geben, denen ihr Smartphone wichtiger ist als ein guter Freund, aber das ist jetzt nicht so wichtig. Papa Tundee, was muss ich machen?", fragte Julius zutiefst entschlossen.

Tundee schickte zunächst alle aus der Hütte, die nicht direkt am Ritual teilnehmen würden. Dann rief er in seiner Muttersprache laut einige unverständliche Worte. Unmittelbar danach eilten zwei barbusige Mädchen mit einer Flasche Öl und einem Korb voller Kräuter in die Hütte zu Papa Tundee. Dieser rührte dann in einem vergilbten Holzeimer eine ölige Masse mit unzähligen Kräutern an und wies die Mädchen an, Mark und Julius komplett auszuziehen.

„Bei euch wird immer alles nackt gemacht, oder?", gab Julius sarkastisch von sich. Dachte er zumindest, denn so richtig sarkastisch war das nicht – es war eine Methode, um seine Angst zu verbergen – vor sich selbst, und natürlich vor den Einheimischen.

„Wenn eure Körper in Stoff oder Kleidung eingehüllt sind, stört das die Aura. Lege dich jetzt auf die Pritsche zu dem Verlassenen und greife fest nach seiner Hand."

„Okay, das ist aber ein bisschen eng hier, die Pritsche ist wohl nur für eine Person gedacht."

„Sei still!", sagte Papa Tundee energisch. „Eure Körper haben jetzt die Eigenschaft eines Reliktes, also ein Objekt, mit einer festen Verbindung zur Vergangenheit."

Um nicht herunterzufallen, musste sich Julius so dicht es ging an Mark heranpressen.

Oh Mann, in anderen Ländern gilt das als sexuelle Belästigung, dachte Julius. *Was tut man nicht alles für seine Freunde.*

Dann nahm er, wie angewiesen, Marks Hand und hielt sie fest. Die Mädchen begannen, die Jungs mit der öligen, Masse einzureiben, während Tundee ein furchtbar stinkendes Kraut anzündete. Schnell war die Hütte vom Rauch vernebelt.

Die Mädels machen ihren Job aber gründlich. Sie werden wohl nicht – oh Gott: Sie reiben tatsächlich alles ein.

Dann verkündete der Voodoo-Priester wieder diese unverständlichen Worte – dieses mal schrie er sie aber regelrecht heraus. Toby, Roland, Froy und Stiles, die vor der Hütte warten mussten, sahen sich besorgt an.

„Meine Güte, muss der so schreien?", fragte Toby.

Roland rümpfte die Nase: „Und dieser Rauch, das stinkt ja bestialisch! Selbst Stiles macht einen merkwürdigen Gesichtsausdruck."

Froy beruhigte: „Keine Panik, Leute. Hey, der Typ ist ein Voodoo-Priester, das muss so sein."

Mir wird schummerig, gleichzeitig fühle ich eine totale Entspannung, obwohl der Typ hier völlig unerotisch rumschreit. Ich schließe am besten meine Augen, dann muss ich diese dämlichen Federn auf seinem Kopf nicht sehen. Voll lächerlich. Komisches Gefühl – als ob ich langsam wie in einem Fahrstuhl nach unten fahre – und dabei immer müder werde. Ich glaube, gleich penne ich ein. Nanu, endlich Ruhe? Es riecht plötzlich gar nicht mehr nach diesem aufdringlichen Rauch. Und diese Öleinreiberei spüre ich auch nicht mehr. Marks Hand wird auf einmal so kalt. Was ist denn hier los? Gott, ist das schwer, die Augen zu öffnen.

Häh? Wo sind die alle hin? Kein Mark, keine Mädels, kein Priester? Ich geh mal nach draußen, das gibt es doch nicht. Oha, ich bin jetzt wohl in der Schattenwelt gelandet. Die Hütte ist noch hier, aber ringsherum ist alles schwarz – so weit ich sehen kann. Am besten, ich hole mal die Fackel aus der Hütte, vielleicht sehe ich dann mehr. Hm, das Feuer strahlt gar keine Hitze aus, ich kann sogar mit meiner Hand direkt in die Flamme greifen – nichts. Aber ich kann sie tragen und sie spendet Licht. Verrückte Welt hier.

Na dann los – ich gehe einfach geradeaus. Es ist schwierig, das Gleichgewicht zu halten, es gibt keine Anhaltspunkte in der Dunkelheit. Wäre natürlich genial, wenn ich Mark gleich hier in der Nähe treffen würde. Ein bisschen blöd komme ich mir schon vor, so völlig nackt. Wird der Boden immer eisiger? Das tut ja richtig weh, hier barfuß zu gehen. Was war das? Hat da wer gestöhnt?

„Hallo? Ist jemand hier? Mark?"

Okay, das wäre wohl zu einfach. Nichts als Stille – aber da war doch was – ich hab's doch gehört. Schon wieder – da läuft jemand, ich höre doch das Getrapse, es wird lauter – also kommt es auf mich zu. Aber aus welcher Richtung? Da hinten, ein kleiner nackter Junge, er läuft humpelnd auf mich zu und sieht mich ganz finster an. Sind hier alle nackt? Mann, ist das gruselig. Sein Hals ist ganz blau und grün – als ob ihn jemand erwürgt hätte – und an der Innenseite seiner Oberschenkel klebt getrocknetes Blut – das ist ja furchtbar.

„Hey Freund, wer bist du? Was haben sie mit dir gemacht? Bleib stehen! Wer bist du denn? Aha, reden magst du nicht. Was ist das für eine Richtung, in die du zeigst? Soll ich da hin?"

Jetzt läuft er weiter. Vertraue ich ihm und gehe ich diese Richtung, die er mir zeigt? Also gut. Hoffentlich geht meine Fackel nicht aus, dann wäre ich angeschissen. Hey, da vorn ist ein Licht. Licht ist immer gut. Es wackelt ein wenig, als ob es jemand tragen würde.

„Hallo? Ich bin hier!"

Keiner antwortet. Mann, schon wieder dieses Gestöhne – als ob

einer Schmerzen hat oder so. Ich gehe dem Licht einfach mal ent-
gegen. Kurz umdrehen – aha, die Hütte ist noch da. Ich bin wohl so
zweihundert Meter von ihr entfernt.

„Hallo Bruderherz!"

„Oh Gott, Milan – hast du mich erschreckt, Alter! Wo kommst du denn her?"

„Ich irre hier herum. Seit wann, weißt du ja. Die ewige Ruhe finde ich erst, wenn ich wenigstens einmal etwas Gutes vollbracht habe. Aber selbst dann heißt es für mich: Himmel oder Hölle."

„Ehrlich gesagt bin ich nicht überrascht, dich hier anzu-treffen. Kannst mir ja helfen, Mark zu finden, er muss hier in dieser Zwischenwelt sein."

„Ach ja, du hast dir ja so viel Mühe gegeben, dazuzugehö-ren. Du wolltest von Anfang an einer von ihnen sein. Freund-schaft, Loyalität, Vertrauen und dieser ganze Mist – das war deine Wellenlänge."

„Ist es immer noch. Sag mal, der Albtraum, den ich im Flugzeug hatte, war das dein Werk?"

„Oh ja! Du kannst nicht behaupten, ich wäre nicht kreativ, mein Bruder."

„Du hast die gleichen Klamotten an, wie an dem Tag, als du getötet wurdest, nur alles so farblos und zerrissen. Steckt da noch ein Stück Pfeil in deiner Brust? Der Junge, den ich vorhin gesehen habe, der war nackt. Wie kommt das?"

„So viele Fragen, Julius. Jeder kommt hier an, wie in seiner letzten Sekunde vor dem Tode. Aber wieso bist du nackt?"

„Ist eine lange Geschichte. Hilfst du mir jetzt?

„Ich helfe dir, wenn du mir hilfst."

„Also gut, wenn es dem Frieden dient, na dann los!"

Was hat er sich da wieder ausgedacht? Selbst wenn er tot ist,
vertraue ich ihm nicht.

„Das brauchst du auch nicht, Julius, du wirst schon se-hen."

„Aha, Gedanken lesen liegt dir auch. Gut zu wissen."

„Hier an diesem Ort liest jeder alles, und auch nichts – aber das ist jetzt nicht so wichtig. Es geht um den kleinen Jungen von vorhin – sein Name ist Timmy. Er ist elf Jahre alt geworden. Lass ihn uns rufen: TIMMY! TIMMY!"

„Was ist denn mit ihm, Milan?"

„Warte es ab. Ah, da ist er ja. Er spricht nicht mehr. In der richtigen Welt gibt es noch eine unerledigte Aufgabe, die du erfüllen sollst, Bruder."

„Okay, was soll ich tun?"

„Sieh dir Timmy an, sieh ihn dir genau an."

So wie er da vor mir steht und mich ansieht, einfach schrecklich. Als würde er leiden und furchtbar traurig sein. Seine Verletzungen haben wohl etwas mit seinem Tod zu tun.

„In der Tat haben die das, Julius. Sein Vater hat ihn für Geld an viele Männer ausgeliehen. Die durften dann mit ihm machen, was sie wollten. Einer von denen nahm das arme Kerlchen so hart ran, dass er während der Tortur gestorben ist. Sein kleines Herz hat einfach aufgehört zu schlagen, er konnte es nicht mehr ertragen. Der Mörder gab dem Vater einen Batzen Kohle – damit war die Sache für beide erledigt. Ich weiß, dass du in Berlin wohnst – und wie es die Bestimmung vorgesehen hat, leben die zwei Männer auch dort. Finde sie – du weißt, was zu tun ist. Dann kann der Junge endlich seinen ewigen Frieden antreten und in eine schönere Welt übersiedeln."

„Oh mein Gott, mir fehlen die Worte. Wie kann man so einem kleinen süßen Fratz so was nur antun? Timmy, es tut mir so leid! Lass dich mal drücken, Kleiner."

Er ist so kalt. Ich kann seinen Schmerz regelrecht fühlen. Es ist, als ob man seine zarte Kinderseele mit Teer überstrichen hätte, der sich niemals mehr lösen lässt.

„Also gut, Milan, wie finde ich diese Männer?"

„Eines Tages wirst du in deinem Kopf auf eine Art Erinnerung zurückgreifen können – es wird sich wie ein Zufall abspielen, du siehst die Gesichter und weißt, *das* sind sie."

„Ich werde dafür sorgen, dass Timmy seinen Frieden findet, das verspreche ich. Aber was wäre, wenn zum Beispiel Toby an meiner Stelle gekommen wäre? Der wohnt in Los Angeles und würde nicht extra nach Berlin fliegen?!"

„Tja, mein lieber Bruder, Toby ist aber nicht gekommen, sondern du. Es gibt nun mal Dinge auf dieser Erde, die einfach vorbestimmt sind. Schicksal nennt man das – ein kleines Wort, das die meisten Lebenden belächeln. Sie denken, sie haben die absolute Kontrolle. Ich verschwinde nun mit Timmy, mach's gut, Julius. Wir werden uns erst in dreiundsechzig Jahren wiedersehen – oder waren es dreiundfünfzig?"

„Das hättest du dir sparen können. Kümmere dich gut um den Kleinen – sei einfach kein Arschloch, okay? Ach stopp mal, was ist mit Mark? Und was ist überhaupt mit deinen zehn Worten? Ich habe dich seit deinem sechsten Lebensjahr nicht mehr so flüssig reden hören?! Das fällt mir jetzt erst auf!"

„Geh zurück in die Hütte!"

Blödmann – geh' zurück in die Hütte, von der komme ich ja – tolle Idee. Jetzt geht er einfach weg. Wie bitte? Jetzt lacht er auch noch so hämisch. Also gut, ich gehe zurück. Bemerkenswert, er musste erst sterben, um sich für jemand anderen einzusetzen. Hilfe! Was war denn das? Ist da gerade ein dreibeiniger Hund an mir vorbeigelaufen? Oh Mann, es gibt schon so richtigen Müll unter den Menschen – teilweise ein enorm abgefucktes Pack. Da bewegt sich doch was in der Hütte? Ich schiebe mal vorsichtig den Teppich zur Seite, nicht, dass mich was anspringt.

„Mark? Seit wann bist du denn hier? Alles in Ordnung mit dir?"

„Julius, Alter, bin ich froh, dich zu sehen – lass dich mal drücken."

„Wie bist du hier her gekommen?"

„Du wirst es nicht glauben, aber ich bin eine gefühlte Ewigkeit im Dunklen orientierungslos umhergewandert, habe viele unheimliche Gestalten gesehen. Letztendlich war es dein Bruder, der mich in die Hütte gebracht hat. Das war vor gerade mal zwanzig Minuten."

„So lange bin ich ungefähr hier. Dann hat Milan dich ja gleich nach meiner Ankunft hier her gebracht?! Na ja, egal, Hauptsache, du bist hier. Und wie kommen wir jetzt zurück?"

„Ich habe da so eine Vermutung, Julius. Sieh mal, wer auf dem Bett liegt, so schön nackt und eingeölt."

„Hammer, das sind wir – und wir sind durchsichtig?! Vorhin lag da aber keiner von uns. Echt jetzt, Mark. Und nun?"

„Ganz einfach – wir legen uns jetzt auf dieses Bett, genau da, wo unsere Körper liegen."

„Okay, gut. Das klingt logisch, und mir fällt auch nichts Besseres ein. Wir müssen uns auch an den Händen halten, so wie unsere durchsichtigen Ichs. So – geschafft. Nichts passiert."

„Vielleicht müssen wir einschlafen, und wenn wir wieder aufwachen, dann in der richtigen Welt. Vermute ich mal."

„Dieser Papa Tundee hätte mehr Infos ausspucken können. Am meisten nervt mich, dass bei denen immer alles nackt sein muss. Aber gut, versuchen wir einzuschlafen – Augen zu und durch."

„Du, Julius?!"

„Was ist denn, Mark?"

„Ich kann fühlen, was du fühlst. Und ich kann lesen, was du denkst. Willst du darüber reden?"

„Also gut. Das Leben mit Roland in Berlin ist einfach toll. Zusammen mit seiner Mutter Lisa sind wir wie eine kleine Familie. Allein schon das Taschengeld – ein Tausender pro Monat – dazu freies Wohnen und Essen. Wie soll ich das jemals alles zurückzahlen? Jeder von euch hat eine Aufgabe. Du wirst den Betrieb deines Vaters übernehmen und Organe per Helikopter zwischen Krankenhäusern transportieren, Toby hat seine Alarmanlagenfirma, und Roland liebt seinen

Job in der Berliner Rehabilitationsklinik. Und was ist mit mir? Ich habe nicht mal einen Schulabschluss. In zehn oder zwanzig Jahren kann ich doch nicht immer noch bei Roland wohnen?"

„Jetzt setz dich nicht selbst unter Druck. So lange wohnst du da noch gar nicht. Blake hat dir einen großen Teil deiner Kindheit gestohlen, den musst du nachholen! Das braucht deine Seele! Und wenn du fühlst, dass du das erledigt hast, machst du deinen Schulabschluss nach. Außerdem hast du eine sehr wichtige Aufgabe, wenn du wieder in Berlin bist. Der kleine Timmy wird es dir danken – und dein Bruder auch."

„Wahrscheinlich hast du recht, Mark. Moment, wieso Timmy? Davon hatte ich nichts ... ach ja, ich vergaß, du kannst auch *mein* Hirn auslesen. Gott sei Dank funktioniert das nur hier in der Zwischenwelt. Aber was ist mit dir und Roland? Da ist etwas, das ich nicht richtig deuten kann, als ob ein dichter Nebel es verhindern würde."

„Was meinst du genau?"

„Manchmal könnte man denken, ihr wärt zusammen."

„Das habe ich auch schon mal gedacht, aber es ist eher so, dass er mich beschützt und ich das genieße. Roland ist groß, stark, gut gebaut. Ich – nicht *so* groß, nicht *so* stark – nicht *so* gut gebaut. Er ist achtzehn, ich bin sechzehn. Ich lehne mich gern an ihn an und fühle mich wohl dabei. Ich mag es, wenn er mich *Kleiner* nennt, und ich mag es, wenn er mit mir flirtet. Das ist schon alles."

„Aber du findest ihn attraktiv, oder?"

„Auf diese gewisse Weise – ja."

Draußen vor der Hütte warteten immer noch Toby, Roland, Froy und Stiles. Sie hatten zwischenzeitlich einen kleinen Spaziergang unternommen, um sich ein wenig abzulenken.

„Jetzt geht gleich die Sonne unter, und die sind da drin immer noch zu Gange", beschwerte sich Roland.

„Acht oder neun Stunden dauert dieses Ritual schon. Hoffentlich geht da nichts schief", hoffte Roland. „Froy, du kennst doch diesen Tundee – kriegt er das hin?"

„Wenn es einer kann, dann er. Oh, seht mal!"

Papa Tundee verließ die Hütte mit einem zufriedenen Gesicht, seine beiden Öl-Frauen folgten ihm im Schlepptau. Die Jungs stürmten in die Hütte.

„Ach wie niedlich, guckt euch die zwei Nackedeis an, wie sie ganz verliebt daliegen und Händchen halten. Ich würde euch ja zur Begrüßung umarmen, aber ihr seid voll klebrig", meinte Roland – was eigentlich bedeuten sollte: *Bin ich froh, dass ihr wieder da seid!*

„Erzählt doch mal, wie war es auf der anderen Seite?", wollte Toby wissen.

„Jetzt lasst uns doch erst mal richtig ankommen und hört auf, zu nerven. Ich will mir so schnell wie möglich dieses klebrige Zeug abwaschen und meine Klamotten anziehen", forderte Mark.

„Du sprichst mir aus der Seele, mein Lieber."

„Einen ganz kleinen Moment noch – nicht bewegen!", flüsterte Roland.

Blitzschnell machte Roland ein Foto von Mark und Julius – *KLICK*.

„Dankeschön! Jetzt macht, was ihr wollt."

„Ich sage dazu jetzt mal gar nichts. Aber woher hast du meine Kamera, Roland?", fragte Mark.

„Julius hat sie mitgenommen, er dachte, du würdest sie gern haben."

„Oh, danke, Julius. Das meine ich jetzt nicht sarkastisch."

Mittlerweile verschwand die Sonne, es war stockdunkel. Am Rande des Dorfes lag ein kleiner See, den die Jungs aufsuchten. Er war nicht sehr tief, vielleicht ein Meter fünfzig. Endlich konnten Mark und Julius den öligen Film auf ihrer Haut abwaschen. Toby, Roland und Froy ließen es sich nicht nehmen, an der nächtlichen Plantscherei teilzunehmen.

Selbst Stiles schwamm ein paar Meter in dem lauwarmen Wasser. Nachdem jeder für sich ein paar Runden geschwommen war, trafen sich die fünf in der Mitte des Sees und bildeten einen Kreis. Stiles hatte sich ein gemütliches Plätzchen am Ufer gesucht und ein kleines Nickerchen eingeläutet. Froy musste etwas loswerden. Der schüchterne Tonfall verriet, dass es ihm unangenehm war: „Vorhin das in dem Kessel ...“

„Kein Thema, wir alle waren auf einem Trip und haben Dinge getan und gesagt, die, na ja ...“, stotterte Toby. Das weckte natürlich Marks Neugier.

„Was für ein Kessel? Ich will alles wissen! Also los, was habt ihr in meiner Abwesenheit getrieben?“

Froy lachte: „Getrieben ist gut, viel hätte da nicht mehr gefehlt, Freunde der Blasmusik.“

Die Jungs klärten Mark über die Vorkommnisse im Kessel auf und ließen die dreißig Minuten Revue passieren. Erinnern konnten sie sich an jedes einzelne Detail – das eine oder andere mehr oder weniger peinlich.

„Hört sich lustig an“, sagte Mark etwas wehmütig. „Ich kann mir richtig gut vorstellen, wie bescheuert ihr euch verhalten habt, aber hey, beim nächsten Mal bin ich dabei.“

Julius nutzte die stillen und entspannten Minuten, um von der Begegnung mit seinem Bruder und dem kleinen Timmy zu erzählen. Die Jungs waren von dem Schicksal des Jungen geschockt und boten Julius Unterstützung an. Der aber hielt es für wichtig, die ihm übertragene Aufgabe selbst zu erledigen – auch wenn er noch gar nicht wusste, wo und wie.

Nach einer Stunde Dauerplanschen ließen sich die Jungs bei molligen sechsundzwanzig Grad Celsius lufttrocknen und schlüpften in ihre frisch ausgekochten Klamotten. Im Dorf schien eine Art Konferenz stattzufinden. Papa Tundee und zwei Dutzend Krieger, darunter auch sechs Kinder mit Kriegsbemalung, saßen um ein Feuer herum und unterhielten sich aufgeregt. Tundee bat die Jungs, an seiner Seite Platz zu nehmen.

„Wir haben ein Problem. Ganz in der Nähe, vielleicht einen halben Tagesmarsch entfernt, haben Auswärtige eine Fabrik errichtet, die Turnschuhe herstellt. Dazu verwenden sie Chemikalien, die tödlich wirken können. Unser Lebensraum wird bedroht, die umliegenden Gewässer werden vergiftet, und der Boden nahe der Fabrik ist unfruchtbar geworden."

„Habt ihr schon was dagegen unternommen, Papa Tundee?", fragte Froy.

„Ich habe schon versucht, die Verantwortlichen zu vertreiben, doch vergeblich. Pfeil und Bogen kommen nicht gegen Maschinengewehre an. Jeden Tag sterben durch die Chemikalien ein paar Arbeiter. Manchmal sind es nur zwei, am Folgetag können es sogar fünf, sechs oder sieben sein. Einer von ihnen war mein Sohn, er wollte dort sein Glück machen und Geld verdienen. Für die Betreiber nicht weiter schlimm, sie holen sich neue, weil sie gut bezahlen. Die Leichen verscharren sie ohne Grabstein und ohne Sarg auf einem selbst angelegten Friedhof hinter der Fabrik, direkt am Mayantuyacu-Fluss. Der unterspült die Gräber, der Sog zieht die Toten in den kochenden Fluss. Auf diese Weise legen die Leichen mehrere Kilometer zurück. Ich habe meine Krieger angewiesen, diese vergessenen Seelen zu mir zu bringen. Ich konnte ein paar von ihnen mit Hilfe eines unheiligen Rituals zurückholen, allerdings nur als willenlose Kreaturen."

Für Toby war es nicht schwer, eins und eins zusammenzuzählen: „Wir haben einen von diesen Untoten erledigt, er kam in unser Lager und wollte uns angreifen – wieso?"

„Die Aufgeweckten bestehen aus totem Fleisch, also haben sie Verlangen nach Lebendem."

„Dann sind das richtige Zombies?", fragte Roland.

„Ja, es sind Zombies, aber sie können nur eine oder zwei Wochen umherwandeln und fressen. Wir haben versucht, die Untoten in Richtung Fabrik zu lotsen. Sie sollten die Arbeiter und auch die Verantwortlichen vertreiben – leider verteilten sie sich weitläufig und planlos."

Toby teilte seine Gedanken mit: „Man bräuchte also genug Zombies und jemanden, der sie gezielt in eine bestimmte Richtung lenkt – zum Beispiel zur Fabrik."

„So wäre es für unsere Zwecke am besten", meinte Tundee.

Froy kam ein Gedanke: „Ich weiß, dass sich jedes Jahr eine Menge Wilderer hier im Regenwald herumtreiben. Sie schlachten ganze Schimpansenvölker ab, um das Fleisch als Delikatesse zu verkaufen. Und es gibt leider Gottes viele Menschen, die dieses Fleisch kaufen und den Markt damit erhalten."

„Das ist ja grauenhaft", sagte Mark geschockt.

„Sie kommen mit Gewehren und Macheten. Die Gewehre benutzen sie für die Menschen, die sie an ihrem Vorhaben hindern wollen. Die Macheten sind für die Schimpansen bestimmt", erklärte Tundee. „Wenn wir sie einzeln erwischen, töten und verspeisen wir sie, aber es werden immer mehr."

Roland war außer sich vor Wut: „Solche Schweine. Die müsste man töten und als Zombies auferstehen lassen, dann hätten wir zwei Fliegen mit einer Klappe geschlagen, wie es so schön heißt. Julius, hast du nicht auf dem Schiff zwei Typen belauscht, die über Affen und Fleisch geredet haben?"

Natürlich hatte Julius diese Wortfetzen aufgeschnappt. Mit den bisher gesammelten Informationen schmiedeten die Blackfin Boys mit Papa Tundee und seinen Kriegern einen Plan, der den Besitzern der Turnschuhfabrik und den Affenschlächtern gleichermaßen das Handwerk legen sollte. Bis in die frühen Morgenstunden wurde geredet, getüftelt, und spekuliert.

KAPITEL 7 – WIEDER VEREINT

Bei Sonnenaufgang verabschiedeten sich die Jungs von den Zorgogos und machten sich auf den Weg zu Froys Bunker. Dieses Mal konnten die fünf Jungs und Stiles die Gondel zusammen nutzen, um die Schlucht bequem zu überqueren. Im Gepäck hatten sie drei Phiolen von Papa Tundee – eine mit grünem Pulver gefüllt, eine beherbergte eine braune Flüssigkeit, und die dritte enthielt Menschenblut. Die Ereignisse in dem abgelegenen Dorf verarbeitete jeder für sich. Keiner gab auch nur einen Ton von sich, bis sie Froys Bunker erreichten. Damit Stiles nicht wieder oben an der Luke auf sich allein gestellt war, ließen die Jungs den stämmigen Rottweiler vorsichtig mit Gurt und Seil entlang der Leiter hinunter. So konnte er sich frei bewegen und die neue Umgebung genau beschnüffeln. Froy hatte eine Idee.

„Ich will jetzt nur eins – einen Schnaps, etwas zu essen, und duschen – genau in der Reihenfolge."

Dieser Vorschlag kam bei allen bestens an. Bevor der Plan in die Tat umgesetzt wurde, führte Froy seine Gäste durch den gesamten Bunker.

„Es gibt hier insgesamt vier Räume. Der Wohnraum, in dem wir uns befinden, und – folgt mir bitte. Hier im Flur gibt es drei Türen, die man Dank der schwachen Beleuchtung nur schwer erkennen kann. Auf einer Seite das Schlafzimmer und der Kochraum, und gegenüberliegend die Dusche."

Als Froy die Tür zum Schlafraum öffnete, stießen die Blackfin Boys vor lauter Begeisterung ein gemeinsames *Boah* aus. Das Zimmer war dreißig Quadratmeter groß und hatte in der Mitte ein großes Doppelbett. Ein Funkgerät und zwei kleine Monitore, die die Bilder der Überwachungskameras übertrugen.

„Sag mal, Froy, woher nimmst du den Strom für das alles?", wollte Toby wissen.

„Die Versorgung läuft über einen Solargenerator. Das heiße Wasser bekomme ich aus dem Fluss, der ja praktisch um die Ecke liegt. So, und direkt gegenüber liegt das Bad, geht ruhig hinein. Es hat die gleiche Größe wie der Schlafraum, ich liebe nun mal viel Platz."

„Oh Mann, ein Duschkopf, eine Toilette und ein Waschbecken, dazu ein Schrank mit Handtüchern – es sieht so aufgeräumt und steril aus", staunte Toby.

„Ja, ich wollte alles mit weißen Fliesen, zumindest hier im Bad. In der Mitte des Raumes ist so viel Platz, da kannste mit einem Fahrrad ein paar Runden drehen. Die Küche zeige ich euch jetzt nicht, die ist nicht sonderlich groß."

„Im Bad und im Schlafzimmer hast du eine schwache Beleuchtung mit gelben Glühlampen, wieso?", wollte Mark wissen.

„Ich finde diese Art der Lichtquelle irgendwie erotisch, gerade in diesen beiden Räumen, es gefällt mir eben. Aber jetzt gibt es den Schnaps – ich hätte da einen ausgezeichneten Wodka anzubieten."

„Na endlich, ich habe mich schon die ganze Zeit darauf gefreut", meinte Julius. „Meine Kehle ist schon ganz trocken."

Froy stellte fest, dass er gar keine Schnapsgläser hatte, also servierte er das klare Getränk in ganz normalen Trinkbechern. Er füllte die Becher jeweils zur Hälfte, sodass die

Literflasche schon nach der ersten Runde leer war. Simultan dazu tranken die Trinkfreudigen ein paar Dosen Fizzy Bubblech – eine Art Brause mit Orangengeschmack. Froy schnappte sich drei Konservendosen, die Ravioli in Tomatensoße enthielten, und ging in die Küche. Auf dem Weg dahin rief er: „Jetzt gibt es ganz was Feines. Ich meine, der Teufel frisst Fliegen!" – was natürlich dazu führte, dass die Jungs in schallendes Gelächter ausbrachen.

„In der Not frisst der Teufel Fliegen – so geht die Redewendung, Chefkoch Froy", schrie Roland. Wesentlich leiser stellte Roland seiner Bande eine brisante Frage: „Irgendwie ist er doch ganz niedlich. Was meint ihr, Leute?"

„Ich denke, dass nach ein paar Schluck Wodka die Stimmung in Richtung Kessel geht, in dem wir eine halbe Stunde unter Drogen gesetzt wurden", meinte Toby.

„Vielleicht haben wir noch Restbestände von dieser Drogenpflanze in unserem Blut, die durch den Wodka wieder reaktiviert werden – ich fühle mich schon wieder richtig gut. Trink doch nicht so schnell, Mark, sonst bist du ja gleich hinüber!"

„Danke, Julius, aber ich kann ganz gut damit umgehen. Außerdem habe ich was nachzuholen. Hey Roland, leg doch mal 'ne Platte auf."

„Gute Idee, ich hatte gestern schon ein paar coole Scheiben entdeckt, die klingen besser als diese scheiß CDs oder MP3s. Ah, ich nehm die hier: Westbam featuring Richard Butler, der Titel ist *You need the drugs* – los geht's."

Als die ersten Töne des kultigen Liedes anklangen, betrat Froy mit einem Tablett den Wohnraum. Darauf vier weiße Teller, auf denen der Konservenkoch die 99-Cent-Ravioli ansehnlich angerichtet hatte. Die Jungs waren so ausgehungert, dass die gefüllten Teigtaschen binnen einer Minute weggefressen wurden. Ein paar Rülpser huldigten den Kochkünsten Froys, der sich über das Kompliment sehr freute. Für Stiles gab es eine Frikadelle aus einer Konservendose, die der

Gastgeber mit ein paar Haferflocken zermanschte. Nun war auch die Hundeseele zufrieden. Die Musik war laut, die Stimmung gut, und es dauerte nicht lange, bis die zweite Flasche Wodka geöffnet wurde. Die fünf machten sich gut angetrunken auf der Couch breit, wobei der viele Alkohol die Hemmungen abbaute. Das führte dazu, dass Roland in Froys Armen lag und der ihn mit seinen Armen fest umschlang – wie eine Boa Constrictor, die ihre Beute nicht mehr hergeben wollte, nur etwas zärtlicher und ohne Tötungsabsichten. Das Thema Timmy kam erneut auf.

„Was machst du denn, Julius, wenn wir wieder in Berlin sind und du die beiden Typen siehst?", fragte Roland.

„Tja, das frage ich mich ununterbrochen. Ich muss mich irgendwie an die Täter dranhängen, unter einem Vorwand. Vielleicht nehmen sie mich mit in ihre Wohnung, wenn ich ihnen ein unmoralisches Angebot mache – und dann: bäm!"

„Pass auf Julius, wir machen das zusammen", bot Roland an. „Ich lass dich doch nicht mit solchen Verbrechern allein."

Froy stutzte ein wenig:

„Das hört sich an, als hättet ihr vor, diese Typen umzubringen."

„Timmy hatte starke Würgemale am Hals, und an seinen Innenschenkeln klebte getrocknetes Blut. Und außerdem, der Kleine wird nicht das letzte Opfer dieser Fieslinge sein. Um deine Frage zu beantworten: Ja, die werde ich ausknipsen. Und wenn jemand damit ein Problem hat, kann er mich mal am Arsch lecken", erklärte Julius mit aggressiver Stimme.

Froy äußerte seine Bedenken zu dieser drastischen Vorgehensweise: „Findest du nicht, dass auch ein Mörder gewisse Rechte hat? Zum Beispiel das Recht auf eine Gerichtsverhandlung, in der er sich zu seiner Tat äußern kann?"

„Nein, das finde ich nicht. Wer ein Kind sexuell missbraucht, weil er es einfach toll findet, und dazu noch den Tod seines wehrlosen Opfers in Kauf nimmt, hat seine Rechte vollständig verwirkt. Außerdem haben die Schweine ihr perverses Treiben gefilmt, um daraus Profit zu schlagen. Ich freue mich schon, diesen Typen beim Sterben zuzugucken."

Niemand widersprach Julius' Ausführungen. Allerdings dachte jeder für sich angestrengt nach. Um die gute Stimmung, die vor dem Thema Timmy geherrscht hatte, wiederherzustellen, legte Roland eine neue Platte auf.

„Kommt schon, Leute, wir wollen heute feiern, das haben wir uns verdient. Morgen haben wir viel zu tun – allerdings erst morgen Nachmittag. Auf geht's mit Tony Marshall und seinem Stimmungshit *Tätärätätätätä.*"

Roland schaffte es tatsächlich, die Stimmung zu heben. Die zweite Flasche Wodka neigte sich dem Ende zu – das sah man deutlich an den eingeschränkten motorischen Fähigkeit aller Beteiligten. Alle quasselten lallend durcheinander und lachten laut. Froy hatte jetzt aber etwas anderes vor. Taumelnd erhob er sich vom Sofa.

„So, meine lieben Freunde, ich gehe jetzt duschen – und dann lege ich mich ins Heiabett. Ihr könnt gern ohne mich weiterfeiern, aber ich habe genug. Kannst mir gern meinen Rücken einseifen – oder was auch immer, Roland."

Der ließ sich das nicht zweimal sagen und ging mit Froy Richtung Dusche. Die verbliebenen Partygäste konnten nur noch ein Klicken hören, das vom Abschließen der Badezimmertür stammte. Toby, Julius und Mark grinsten sich an, wobei es Letzterer auf den Punkt brachte: „Ich freue mich für Roland, er hat schon so viel Mist hinter sich. Aber irgendetwas ist komisch in mir, tief in mir fühlt sich was falsch an, ich weiß aber nicht, was?!"

Toby versuchte, zu analysieren: „Ist es vielleicht eine gewisse Eifersucht? Ich meine, Roland ist ja offiziell dein Beschützer. Er nennt dich Kleiner, knuddelt dich mal, wenn du traurig bist – und er ist immer für dich da."

„Oder es liegt daran, dass Roland gerade in Froy verliebt ist-, und du momentan nur die zweite Geige spielst?", spekulierte Julius.

„Ihr habt beide recht, so ein bisschen. Manchmal habe ich das Empfinden, als wenn ich alle möglichen Gefühle auf einmal spüren würde. Das ist dann so eine Art innere Zerrissenheit – und die verursacht Schmerzen. Als ich Roland mit Froy Arm in Arm auf dem Sofa liegen sah, wünschte ich mir, er hätte mich so festgehalten. Denn wenn Roland mich in den Arm nimmt, verschwinden diese ganzen aufgestauten Gefühle, und mein Kopf ist wie leergefegt. Aber ich will auch nicht mit ihm schlafen oder so – ach, ich weiß auch nicht. Ich bin besoffen."

„Du bist sechzehn Jahre jung, da dürfen deine Gefühle schon mal durcheinander kommen, glaube mir, Mark", meinte Toby. „Gibt es denn noch ein oder zwei Abschiedslieder, bevor wir pennen gehen? Julius, leg doch noch mal eine Platte auf, egal was."

„Alles klar, ich schau mal, was Froy noch so für Musik hat. Ah, hier – kenne ich – Freunde, jetzt hören wir eine Mini-LP von Ezra Furman. Auf Seite A sind die Lieder *My Zero* und *Love You So Bad* drauf – und ab geht's."

Mark sprang auf und kramte hektisch in seinem Rucksack herum.

„Hier sind sie ja. Ich wollte sie nicht vor Froy zeigen, ich meine, wie sollen wir erklären, dass wir im Jahr 1942 waren?"

„Wie geil, du hast die Filme entwickeln lassen!", freute sich Toby.

„So richtige Papierfotos sind eh besser als diese blöden Handybilder, die gerade mal so groß sind, wie das Display", sagte Julius.

Die drei saßen dicht zusammen und schwelgten in Erinnerungen, obwohl die Ereignisse noch gar nicht so lange her waren. Unbewusst stellten die Jungs beim Ansehen der Bilder fest, dass sie nie wieder so gute Freunde finden würden. Die Musik von Ezra Furman, die leise im Hintergrund lief, war wie ein emotionaler Soundtrack, der im Zusammenhang mit den Bildern ihre Herzen berührte. Das lag allerdings auch daran, dass die drei mega voll waren. Als Willi auf einem der Bilder zu sehen war, flossen ein paar Tränen. Das Ende der Mini-LP nahmen die Jungs zum Anlass, sich aufs Ohr zu hauen. Das Sofa war groß genug, dass die drei genügend Platz zum Schlafen hatten. Toby dämmte das Licht. Die gemütliche Atmosphäre und der viele Wodka ließen die Jungs schnell einschlafen. Das monotone, gedämpfte Rauschen der Dusche nahmen die Schlafenden nicht mehr wahr – die beiden anderen genossen es allerdings bis zum geht nicht mehr. Ungefähr eine Stunde später wurde Julius von dem lauten Stöhnen, das Roland und Froy verursachten, aus dem Schlaf gerissen.

Meine Güte, war es das jetzt endlich? So eine Ausdauer möchte ich haben. Ich war gerade so schön am Pennen, wenn ich jetzt wieder einschlafe, wird mich bestimmt wieder ein Albtraum belästigen. Ich versuche einfach, an schöne Dinge zu denken …

Eine sehr gute Idee von Julius, nur leider völlig nutzlos – denn der Albtraum näherte sich in kleinen Schritten.

Ach, wie schön, ich bin in einer Badeanstalt. Sogar eine riesige Wasserrutsche haben sie hier, geil! Wenn ich mich so umsehe – keiner hier, den ich kenne. Was soll's, hier kann man auch alleine Spaß haben. Auf geht es zur Wasserrutsche. Ich sehe schon, wie die ganzen Kinder aus dem Ende der Röhre ins Becken stürzen. Sie sehen so zufrieden und ausgelassen aus. Aha, einige steigen aus dem Becken und stellen sich gleich wieder an, die veranstalten wohl ein Dauerrutschen. So, jetzt stehe ich endlich auch in der Reihe. Wie läuft denn das hier? Ach so, es geht mit einem kleinen Fahrstuhl zehn Meter nach oben, von dort aus geht's direkt auf die Rutsche – cooles System.

Ups, was ist denn jetzt? Das Licht dunkelt stark ab, es wird kälter, und die Badegäste sind auf einmal stumm, sie geben nicht einen einzigen Laut von sich. Ihre Gesichtsausdrücke, so emotionslos. Trotzdem rutschen sie immer noch weiter, nur scheint keiner mehr Freude zu haben. Was ist hier bloß los? Oh, da kommen vier

Handwerker. Zwei von ihnen tragen eine viereckige Glasscheibe. Ziemlich dick, bestimmt einen Meter mal einen Meter groß. Ist hier was kaputt? Hm, jetzt wird der Fahrstuhl gestoppt, keiner benutzt mehr die Rutsche. Es läuft jetzt auch kein Wasser mehr aus der Röhre. Wahrscheinlich wegen der bevorstehenden Reparatur – aber was wird repariert?

Hey, die Handwerker setzen die Scheibe direkt auf den Ausgang der Rutsche und montieren sie dort. Was soll das? Wenn die Kinder rutschen, werden sie doch mit voller Wucht gegen diese Scheibe knallen. Und wenn vier, fünf oder zehn Kinder rutschen – das mag ich mir gar nicht vorstellen. Die Badegäste sehen doch, was hier geschieht – und keiner unternimmt was? Sie glotzen alle nur blöde. Warum sage ich nichts? Warum verhindere ich das Anbringen der Scheibe nicht? Ich sehe nur zu und stehe weiterhin in der Schlange. Jetzt dichten sie die Scheibe rundherum mit Silikon ab. Einer von ihnen klebt ein Schild an die Scheibe – mit der Aufschrift Schaufenster des Todes. *Das ist doch furchtbar.*

Nun verschwinden die Handwerker – der Fahrstuhl fährt weiter und das Wasser läuft wieder, es sammelt sich in der Röhre und wird durch die Glasscheibe gestaut. Ich will rufen: „Stopp! Stehenbleiben!" – ich kann aber nicht sprechen. Was für ein Horror, die Kinder oben an der Rampe rutschen wieder – das wird ihr Tod sein. Oh nein, ein Junge knallt gegen die Scheibe, er ist bewusstlos. An der Scheibe läuft Blut herunter. Und noch einer – das geht ja im Sekundentakt, die kleinen Körper schlagen alle aufeinander, ihre Gesichter sind schon unter Wasser, die können nicht atmen, weil sie von anderen Kindern heruntergedrückt werden. Die Röhre ist nun vollständig geflutet und mit einem dutzend Kindern verstopft. Einige von ihnen kämpfen noch ums Überleben, andere schweben nur noch leblos im blutgefärbten Wasser. Es ist so fürchterlich, die armen Seelen. Was ist jetzt? Ein Handwerker kehrt zurück, in der Hand ein großer Vorschlaghammer. Was hat er vor? Er geht zur Glasscheibe, holt aus, und schlägt ein Loch in das Schaufenster des Todes. Die Kinder pladdern heraus-, und fallen in das Auffangbecken. Sie sind alle tot. Oh nein, einige von ihnen bleiben an den scharfen Glaskanten des Loches hängen – ihre Körper werden dadurch aufgerissen ...

„Hilfe! Oh Gott, es war nur ein Traum, ich bin völlig durchgeschwitzt."

Das war alles so real. Ich glaube, jetzt gehe ich mal unter die Dusche. Roland und Froy schlafen bestimmt schon – jedenfalls höre ich kein fließendes Wasser mehr. So, leise die Tür aufgemacht ... und fast in ein benutztes Kondom getreten – Schweine, die. Egal, schnell abduschen und zurück ins Bett, ich bin hundemüde.

Der nächste Morgen fing nicht so schlimm wie erwartet an. Da die Jungs alle weit vor Mitternacht *schlafen* gegangen waren, hatten die betäubten Körper mehr als zehn Stunden Zeit gehabt, den Alkohol einigermaßen abzubauen, von einigen Unterbrechungen abgesehen. Roland hatte den Alarm seiner Armbanduhr, die er wirklich bei keiner Gelegenheit ablegte, auf zehn Uhr morgens gestellt. Froy, der neben ihm im Bett lag, war immun gegen den Alarmton. Roland übernahm also die Aufgabe des Weckers: „Hey, Froy. Kumpel, aufwachen!"

„Wieso weckst du mich so früh, Roland?"

„Es ist zehn Uhr, wir haben heute viel vor. Ich sage nur, der erste Teil des Plans wird heute ausgeführt."

„Ach ja, gut. Gib mir noch ein paar Minuten."

„Alles klar, ich gehe ins Wohnzimmer und wecke die anderen."

Wie es für Roland üblich war, stieg er splitternackt aus dem Bett und stattete seinen Freunden, die noch schlafend auf der Couch lagen, einen Besuch ab. Stiles hingegen war bereits wach und wartete auf den ersten Spaziergang des Tages.

„Ja guten Morgen, Stiles! Hallo – ja, komm her – jetzt bekommst du erst mal ein paar Streicheleinheiten. Du willst sicher Gassi gehen, gleich geht's los, du kleiner Fellbatzen. Wer ist ein guter Junge? Jaaaa, das bist duuuu!"

Ach wie niedlich, da liegen die drei zusammengeknuddelt auf dem Sofa und sind noch im Tiefschlaf. Obwohl, ohne Decke war es bestimmt ungemütlich. „Aufstehen, ihr Schlafmützen, zwei Zombies sind in den Bunker eingedrungen!"

Froy konnte den kleinen morgendlichen Scherz von Roland hören und stieg mit ein. Schreiend, und ebenfalls nackt, lief er panisch ins Wohnzimmer: „Oh mein Gooooott! Sie kommen, um uns zu holen!"

Nach ein paar Sekunden der totalen Angst flog der kleine Prank auf. Während Julius und Mark freundlich den Mittelfinger hoben, meinte Toby: „Wenn ihr schon einen auf Panik macht, dürft ihr nicht grinsen, ihr Schlaumeier."

„Viel schlimmer finde ich, dass Froy anscheinend auch ein leidenschaftlicher Nudist ist, so wie unser Freund Roland."

„Der Hund muss Gassi, wer kommt mit?", wollte Mark noch ein wenig verschlafen wissen. „Du, Julius – ach wie nett von dir."

„Ich habe mich doch gar nicht gemeldet – ja gut, ich komme mit. Vielleicht machen Toby, Roland und Froy in der Zeit Frühstück."

„Klar machen wir das, ich geh schon mal in die Küche. Gute Arbeitsaufteilung übrigens, da haben wir zwei Katzen mit einem Sack geschlagen."

„Neiiiin, Froy – wir haben zwei Fliegen mit einer Klappe geschlagen", verbesserte Mark genervt.

Toby wühlte hektisch in seinem Rucksack herum: „Wenn ihr mit dem Hund geht, nehmt ein Funkgerät mit. Nicht, dass wieder was passiert. Ich stelle nur noch schnell die Frequenz ein."

Mark nahm das Funkgerät an sich und legte Stiles einen Gurt an. Julius wartete schon oben an der Luke und hatte das Seil heruntergelassen, das Mark am Gurt befestigte. Während Julius am Seil zog, stützte Mark den Hund leicht mit seiner Schulter ab. Nach zwei Minuten hatten sie es geschafft, Stiles an die Erdoberfläche zu hieven. Dieser beanspruchte den nächsten Busch für sich ganz allein. Dann begannen die drei einen kleinen Spaziergang. Zeit, um über den gestrigen Abend zu reden.

„Das war echt der Hammer mit Roland und Froy, oder?"

„So was von", meinte Julius. „Hab schon gedacht, die würden es noch auf der Couch machen, so rattig, wie die aufeinander waren."

„Ja, der Alkohol hat das Ganze noch beschleunigt. Ist doch okay, wenn die beiden sich gefunden haben, aber irgendwann kommt der Abschied."

„Ja, der kommt bestimmt. Dann wird Roland traurig sein. Wenn wir wieder in Berlin sind, werde ich ihn trösten, aber ich kann ihm nicht *das* geben, was er von Froy bekommt. Außerdem halten Freundschaften ohne Sex länger."

„Ist das der einzige Grund?", fragte Mark schmunzelnd.

„Blödmann – du weißt, was ich meine. Roland ist mir mega wichtig, aber wir springen nicht zusammen in die Kiste. So, jetzt werden wir mal die Bunker-Boys anfunken. Rot 5 an Rot 1, bitte kommen!"

„Da hat wohl einer zu viel Star Wars gesehen. Was gibt es denn?"

„Ach, Toby, du bist's. Ist das Essen fertig? Wir haben Hunger!"

„Ja gleich, wenn ihr hier seid, können wir essen, schätze ich. Roland und Froy sind in der Küche zu Gange und ich bin im Wohnzimmer und baue den Filmprojektor auf. Habe nur keine Ahnung, wie der funktioniert. Mark kennt sich aus."

Zurück im Bunker, erwartete Mark, Julius und Stiles eine angenehme Überraschung. Für Stiles gab es gewürfelten Kochschinken, dazu Haferflocken und ein wenig Wasser – verrührt zu einer wohlschmeckenden Pampe. Für die Menschen servierte Froy belegte Baguettes mit Schinken, Käse, Thunfisch und Remoulade – alles aus Konservendosen oder aus luftdichter Folienverpackung. Die Teigwaren hatte er extra mit Mehl, Wasser, Hefe und viel Liebe gebacken. Toby, der Filmprojektor und Leinwand aufgebaut hatte, bat Mark, einen Film aus Froys kleiner Sammlung einzulegen und abzufahren. Er war einfach der unangefochtene Experte, was Film und analoge Fotografie anging. Einen 16mm-Film einzulegen und zum Laufen zu bringen, war ein Klacks für den Sechzehnjährigen. Gemütlich saßen die sechs zusammen und genossen ihr leckeres Frühstück bei einem Streifen von John Landis: *Schlock – das Bananenmonster.* Das Rattern des Projektors und die wohlschmeckenden Baguettes hielten die Jungs gute achtzig Minuten im Bann der gepflegten Unterhaltung.

Als der letzte Meter des Filmes durch den Projektor lief, wurde es ernst. Toby fasste einen Teil des Plans zusammen:

„Es ist soweit – Roland und Froy, ihr fahrt mit meinem Jeep in die namenlose Stadt und besorgt die Paletten Dosenbier – nehmt Stiles ruhig mit. Julius und Mark gehen auf ihren Beobachtungsposten, und ich bleibe hier und kontrolliere und lade unsere Waffen, sofern sie sich laden lassen. In Kontakt bleiben wir alle mit den Funkgeräten, wobei Roland und Froy wohl für schätzungsweise eine halbe Stunde außer Reichweite sein dürften. Noch Fragen?"

„Davon kannste wohl ausgehen, mein Freund", meinte Roland aufbrausend. „Ich verlasse den Bunker nicht ohne meine Harpune."

„Auf dem Hinweg wolltest du doch auch keine Waffe haben!"

„Da wusste ich auch noch nicht, dass wir welche haben. Also, wir checken die Waffen jetzt gemeinsam, und du gehst mit Julius und Mark zusammen auf den Beobachtungsposten."

Toby gab schließlich nach.

„Also gut, von mir aus."

Merkwürdig, dachte Julius. *Sieht fast so aus, als würde Toby einen Grund suchen, allein zu sein. Ich werde ihn einfach später fragen, was das soll.*

Nachdem festgestellt wurde, dass die tödlichen Verteidigungsgeräte einwandfrei funktionierten, tat jeder das, was er tun sollte. Roland und Froy fuhren in Tobys Jeep – Stiles machte es sich auf dem Rücksitz bequem und fand es unheimlich cool, so viel zu sehen, ohne selbst laufen zu müssen.

„Ich merke gerade, dass ich gar nicht weiß, wo der nächste Ort ist", stellte Roland fest.

„Ist gar nicht so weit von hier, vielleicht eine Viertelstunde. Ich sage schon, wo du lang musst, fahr einfach."

„Alles klärchen. Sag mal, Froy, wie fandest du unsere kleine Duschaktion?"

„Ich merke ein klein wenig Unsicherheit in deiner Stimme, Roliboy. Dafür hast du keinen Grund – es war hammergeil, du kleine Drecksau."

Froy kniff Roland kurz in seine Weichteile und gab ihm einen feuchten Kuss auf seinen Hals. Der verriss für einen Moment das Steuer.

„Vorsicht, mein Großer, bau keinen Unfall, ich habe später noch was vor mit dir."

„Ich kann es kaum erwarten."

Toby, Julius und Mark hatten zwischenzeitlich den Baum der zerstörten Träume gefunden – Papa Tundee hatte den Jungs eine Landkarte gegeben, die einen sicheren Weg zu diesem mächtigen Gewächs aufzeigte. Der Kapokbaum, wie man ihn eigentlich nennt, kann eine Höhe von bis zu fünfundsiebzig Metern erreichen. Einheimische hatten an diesem Baum eine Art Wendeltreppe befestigt, die es erlaubte, dreißig Meter heraufzuklettern. In dieser Höhe hatten Naturwissenschaftler eine Plattform montiert, die einmal um den Stamm herumreichte. Ein absolut genialer Ausguck, von dem die Jungs das Treiben der Wilderer beobachten sollten. Das war zumindest der Plan. Als die drei vom Boden aus nach oben schauten, machte sich Missmut breit, besonders bei Toby:

„Da sollen wir raufklettern? Das ist verdammt hoch."

„Sieht doch ganz einfach aus. Der Baum steht mitten in einer Wendeltreppe. Woher wussten die Treppenbauer bloß, dass genau an dieser Stelle ein Baum wachsen würde, der genau da reinpasst?", kicherte Julius.

„Deine Witze waren schon besser. Los, kommt jetzt, rauf da. Ich gehe vor", beschloss Mark und verlor keine Zeit. Toby und Julius folgten ihm. Beim Hinaufgehen fiel Mark etwas auf:

„Wir sollte lieber ein paar Meter Abstand voneinander halten. Das Holz der Treppe macht nicht gerade den stabilsten Eindruck. Habt ihr das gehört?"

„Ja, war nicht zu überhören. Mir wird ganz flau im Magen, es ist so hoch!"

„Ich bin hinter dir, Toby. Atme einfach tief durch und geh langsam weiter. Wir lassen dich nicht hängen. Denke an Froy, der würde jetzt so was sagen wie: *Wir ziehen alle am selben Boot.*"

Julius' kleiner Ablenkungsversuch zündete bei Toby. Der musste über diese verdrehte Redewendung à la Froy so lachen, dass er seine Höhenangst kurzzeitig vergaß.

„Oh Mann, unser Froy."

„Jungs? Alles okay? Ich bin oben angekommen, die Aussicht ist der Wahnsinn!", schwärmte Mark. Ein paar Sekunden später trudelten Toby und Julius ebenfalls ein. Obwohl sie nur in dreißig Meter Höhe waren, konnten sie ein riesiges Gebiet des Waldes überblicken. Tobys Angst war wie weggeblasen: „Der Weg hier rauf hat sich wirklich gelohnt. So eine tolle Aussicht. Unser Planet ist doch so was von bildschön. Schade, dass der Mensch unsere Erde nicht besser behandelt. Wieso heißt dieser Baum eigentlich Baum der zerstörten Träume?"

Julius konnte sich an die Geschichte erinnern, die Tundee erzählt hatte, als sie am Lagerfeuer zusammengesessen hatten.

„Der Kapokbaum ist ein Wollbaumgewächs. Der Baum liefert pro Jahr über zwanzig Kilogramm reine Fasern. Sie können zum Beispiel in Kopfkissen oder Decken gefüllt werden, oder auch in Rettungswesten – oder ganz anders: Es kann als Isoliermaterial genutzt werden. Aber dieser Baum hier ist von einem giftigen Pilz befallen. Befüllst du zum Beispiel dein Kopfkissen damit, stirbst du im Schlaf. Deswegen nennet man diesen Kopak *Baum der zerstörten Träume*."

Mark und Toby begannen zu klatschen und verbeugten sich übertrieben vor Julius. Der erwiderte die sarkastische Geste, indem er seine zwei Mittelfinger präsentierte.

„Ihr seid sooo witzig. Genug rumgealbert. Packen wir die Funkgeräte und die Ferngläser aus. Laut Tundee sollten die Wilderer in den nächsten Stunden ihr Lager aufschlagen. Ich lade inzwischen meine Pistole, nur so zur Sicherheit."

Die drei machten es sich vorerst gemütlich und beobachteten aufmerksam ihre Umgebung. Als Julius gelangweilt durch sein Fernglas blickte, kam ihm ein Gedanke: „Sag mal, Toby, wolltest du vorhin alleine sein? Dein Vorschlag, dass du im Bunker bleibst und die Waffen checkst – ich meine, das war so offensichtlich."

„Ich wollte einfach mal für eine Stunde alleine sein und ein paar Pornos auf meinem iPhone gucken. Dabei kann ich gut auf Publikum verzichten. Ich bin auch nur aus Fleisch und Blut und habe meine Bedürfnisse. Reicht das als Erklärung?"

„Yep. Keine weiteren Fragen." Julius grinste. *Habe ich mir doch gleich gedacht.*

KAPITEL 8 – MENSCHENMÜLL

Roland und Froy hatten mittlerweile die namenlose Stadt erreicht, in der es nichts anderes als eine Tankstelle mit einem Mitarbeiter gab. Bei dieser Gelegenheit tankte Roland den Wagen auf. Stiles durfte sich ohne Leine die Pfoten vertreten.

„Kein Wunder, dass das Kaff hier namenlose Stadt heißt, wobei *Stadt* ja dermaßen übertrieben ist."

„Stimmt, Roliboy – ich glaube, die Tanke hier ist so an die sechzig Jahre alt. Ursprünglich wollten sich hier andere Geschäfte niederlassen. Das gesamte Gebiet war früher mal ein Friedhof. Man hat die Grabsteine einfach versetzt, um Platz für die neue Stadt zu schaffen. Die Leichen jedoch hat man nicht verlegt. Seitdem glauben die Leute, auf dieser Stadt läge ein Fluch – deswegen namenlose Stadt."

„Ach du Kacke, ist ja voll krass!"

„Weißt du Roland, es ist so: Ich habe dich gerade so richtig verarscht, und du bist so was von drauf reingefallen. Du solltest mal deinen Gesichtsausdruck sehen – echt niedlich."

Roland zog die Zapfpistole aus dem Einfüllstutzen und steckte diese in aller Ruhe in die Halterung der Zapfsäule. Dann griff er blitzschnell Froy an und nahm ihn in den Schwitzkasten, wobei beide sofort wie kleine Kinder anfingen zu kichern.

„Aha, der kleine Froy will mich verarschen – na warte, Bürschchen, das treibe ich dir schon aus."

„Hey ihr Schwuchteln, beeilt euch mal, ich will meinen Kanister auftanken und ihr blockiert die Zapfsäule!", sagte ein ungepflegter Typ, der wie aus dem Nichts auftauchte. Roland versuchte, die Sache diplomatisch zu lösen: „Na, da hat aber einer was gegen Minderheiten und Andersdenkende. Das ist eine ziemlich heftige Beleidigung, Mister."

„Ich zähle bis drei, dann seid ihr Arschficker verschwunden oder ich poliere euch die Fresse. Eins, zwei …"

Roland ging auf den Mann zu, beugte sich leicht nach hinten, holte Schwung und haute seine Stirn kraftvoll gegen das Nasenbein des Übeltäters – dieser ging langsam zu Boden wie eine leere Plastiktüte, die man in die Luft geworfen hatte.

„Ich bin ein wenig enttäuscht, Roliboy."

„Wieso das, bitteschön?"

„Na ja, hättest du ihm einen Pfeil mit deiner Harpune in sein Bein geschossen … Nein, Quatsch, ich bin eher stolz auf dich. Ist er bewusstlos?"

„Ja, sieht so aus. Lass uns das Bier holen, und dann weg hier."

Zügig gingen die Jungs in den kleinen Shop der Tankstelle und schnappten sich insgesamt acht Paletten Dosenbier. Roland legte einen Dollarschein, auf dem der Präsident Benjamin Franklin abgebildet war, auf den Tresen und sagte zu dem verwirrten Kassierer:

„Sorry für den Müll, den wir an der Zapfsäule verursacht haben. Entsorgen Sie das asoziale Stück bitte."

Stiles wartete bereits am Jeep. Der besinnungslose Typ, der da vor der Zapfsäule rumlag, war für ihn nicht von Interesse.

„So, nun schnell zurück. Froy, nimm das Funkgerät und versuch, eine Verbindung zu den anderen herzustellen. Hier wird das noch nicht funktionieren, aber vielleicht, nachdem wir ein paar Meilen zurückgelegt haben."

Auf dem Ausguck des Kapokbaumes hatten die Jungs etwas entdeckt. Verzweifelt versuchte Toby, Roland und Froy anzufunken.

„So ein Mist, die beiden sind noch außer Reichweite. Wir versuchen es minütlich, dann können wir die beiden direkt zu dem Lager der Wilderer lotsen."

Julius suchte mit seinem Fernglas jeden Quadratmeter des Lagers gründlich ab, um eventuelle Schwachstellen oder Gefahren auszumachen:

„Sechsundfünfzig Wilderer habe ich gezählt, alles Männer. Vier Zelte haben sie bereits aufgebaut. Zwei Typen sind dabei, eine kleine Feuerstätte zu errichten. Was ich aber so richtig fies finde ist, dass zwölf Leute gerade ihre Macheten schärfen. Was denkst du, Mark?"

„Ich denke, heute werden sie nichts mehr unternehmen. Das sieht mir alles sehr nach Vorbereitung aus. Vorbereitung auf das große Abschlachten niedlicher und unschuldiger Schimpansen. Mann, Mann, Mann, Mann, Mann – manchmal denke ich, es gibt so viele großartige Menschen auf unserem Planeten, die so viel Gutes getan haben, vor allem für andere. Und dann gibt es diese Gattung, die Mutter Natur mit Anlauf in den Arsch fickt – Menschenmüll kann man da nur sagen."

„Rot 1 an Rot 5, bitte kommen – meldet euch, ihr Arschgeigen!", tönte es aus dem Funkgerät.

„Froy? Bist du das? Hier ist Toby, wo seid ihr?"

„Ja, Toby – stell dir vor, ich bin es. In ungefähr zehn Minuten sind wir mit dem Jeep auf Höhe des Bunkers."

„Alles klar, wenn ihr das Bier präpariert habt, meldet euch. Wir lotsen euch dann zum Lager der Wilderer."

„Verstanden, over and out".

„Unser Froy, der macht das voll gerne, dieses Getue mit den Funkgeräten", meinte Toby lachend. „Oha, Leute – schaut mal nach unten."

„Das sind drei Zombies, die langsam in unsere Richtung laufen. Die werden hier wohl nicht hoch kommen", beruhigte Julius.

Aber Mark ließ sich nicht so recht beruhigen: „Das sagst du so einfach. Und was, wenn doch?"

„Marky, Kleiner, ich habe hier eine geladene Sig Sauer P320, neun Millimeter – du weißt doch, was die anrichten kann."

„Wenn du schießt, werden die Wilderer auf uns aufmerksam."

„Werden sie eben nicht, weil ich den Schalldämpfer mitgenommen habe."

Toby legte sich flach auf den Holzboden und schaute vorsichtig über die Kante der Plattform.

„Ich will eure Konversation ja nicht unterbrechen, aber der erste Zombie hat die Wendeltreppe betreten – und die zwei anderen glotzen ihm blöde hinterher – Scheiße! Die gehen ihm nach."

Mark raufte sich vor Angst die Haare.

„Wenn die alle drei dicht hintereinander laufen, kracht die Treppe zusammen – und so können sie nicht zu uns rauf. Leider können wir dann auch nicht runter!"

„Siehst du sie noch, Toby?", fragte Julius hektisch.

„Nein – Fakt ist aber, dass sie alle drei nun auf der Treppe sind und heraufkommen. Man hört es ja am knarrenden Holz. VOLLTREFFER! Die Treppe ist weggekracht, vielleicht zwei oder drei Meter über dem Boden, würde ich dem Geräusch nach schätzen."

Mark legte sich flach auf die Plattform und hielt nach den Untoten Ausschau.

„Also ich kann zwei Zombies sehen – die ziehen weiter. Aber wo ist der Dritte? Toby, Julius, verteilt euch auf der Plattform und sucht nach dem dritten Zombie, der muss doch irgendwo auftauchen?!"

„Ich glaube, ich habe schlechte Nachrichten", kündigte

Toby an. „Da ich immer noch leise das Holz der Wendeltreppe knarren höre ...“

„... gehe ich davon aus, dass der Zombie in wenigen Minuten vor uns stehen wird!“, vervollständigte Julius. „Aber keine Angst, ich werde ihn mit einem gezielten Kopfschuss ausschalten. Dabei fällt mir ein, ich hatte letzte Nacht einen richtig fiesen Albtraum, muss ich euch mal erzählen.“

„Halt doch mal die Fresse, ich höre sonst nichts!“, grummelte Toby.

Bei Roland und Froy ging es nicht ganz so nervenaufreibend zu. Sie präparierten gerade die Bierdosen. Dazu benutzte Froy die Phiole, die ein grünes Pulver enthielt.

„Es ist gar nicht so einfach, diesen grünen Staub auf allen Bierdosen einigermaßen gleichmäßig zu verteilen.“

„Pass bloß auf, Froy, nicht, dass das Zeug in deine Blutbahn gelangt. Wäre schade um dich.“

„Nett von dir, Roliboy, aber ich kriege das schon hin. Ein bisschen sieht man, dass die Dosen von einem leichten grünen Staub überzogen sind.“

„Das ist ja das Gute. Wenn die Wilderer den Staub wegreiben, haben sie das Zeug an den Händen. Jeder Mensch fasst sich unbemerkt hin und wieder ins Gesicht.“

„Und dann kommt das Juckpulver zum Einsatz. Die Typen kratzen sich, weil es fürchterlich juckt, wie Papa Tundee sagte. Durch das Kratzen wird die Haut leicht aufgerissen, dann gelangt der Wirkstoff in die Blutbahn“, erklärte Froy.

„Und dann werden sie Zombies. Was ist da noch mal drin? Tundee hat so viel gelabert, das habe ich mir nicht alles gemerkt.“

„Ich war vor ein paar Jahren mal mit Tundee in Callao, da gibt es eine Hexengasse“, erinnerte sich Froy. „Dort bekommst du alles, was irgendwie mit Voodoo und Zauber zu tun hat. Das Zombiegift besteht zum Teil aus geraspelten Menschenknochen, Krötensekret, Bestandteilen des Kugelfisches Fou-Fou und natürlich aus Juckpulver, wenn man das gesamte Gift einem ahnungslosen Opfer unterjubeln will. Wichtig ist, dass man beim Mischen die Reihenfolge der Zutaten beachtet. Der Anteil von Wasser, aber auch die Umgebungstemperatur sollen dabei eine große Rolle spielen."

„Gut, das habe ich verstanden. Wenn die Wilderer dann zu Zombies geworden sind, trinken wir den braunen Saft aus der anderen Phiole."

„Sehr richtig, Roland. Das ist Zombiegift *ohne* Juckpulver, und in einer extrem abgeschwächten Rezeptur. Dadurch werden uns die richtigen Zombies für Gleichgesinnte halten und greifen uns nicht an. So können wir die untote Horde zur Fabrik führen. Der Plan ist ja, die Wilderer und auch die Fabrik zu entsorgen. Hoffentlich klappt das auch. Die Arbeiter dort sind so abergläubisch, dass sie beim Anblick der Zombies niemals wiederkommen – damit wäre keiner mehr da, der die Fabrik betreiben kann, und Nachschub wird es wohl nicht geben – wenn sich herumspricht, dass es dort spukt. Nur eines macht mir Sorgen: Tundee meinte, das Gift wirkt bei uns für ein oder zwei Stunden. Danach sollten wir uns nicht mehr in der Nähe der anderen Untoten bewegen. Wir müssen also schnell machen. Ach ja, Nebenwirkungen sollen wohl Schwindel und Erbrechen sein. So, fertig – jede Dose ist mit Zombiegift bestäubt. Obwohl ich finde, dass Zombiestaub viel besser klingt."

„Und Zombieglitzer klingt auch besser, du kleiner Trollo – ich funke jetzt Toby an. Rot 1 an Rot 5, meldet euch, ihr Pimmel, wir sind fertig."

„Toby hier, alles klar. Fahrt jetzt los. Erst mal am Mayantuyacu flussaufwärts entlang, für ungefähr eine halbe Meile, dann meldet euch noch mal."

„Was sind das für Geräusche bei euch, alles klar?"

„Fahrt jetzt endlich los, den Rest erkläre ich später!", klang Tobys Stimme genervt durch das Funkgerät. Er hatte auch allen Grund, genervt zu sein.

„Das war Roland – er fährt mit Froy jetzt flussaufwärts. Bis du bereit, Julius?"

„Schön für ihn. Dem Geräusch nach ist der Zombie gleich hier. Meine Pistole ist geladen – ein gezielter Kopfschuss und der untote Kamerad ist hin."

„Die gute Nachricht ist, dass die beiden anderen weiter in den Wald gegangen sind. Trotzdem mache ich mir gleich in die Hose. Oh Mann, ER IST DA! Schieß, Julius! Warum schießt du denn nicht? Er kommt auf mich zu!"

Geistesgegenwärtig griff Toby den Zombie von hinten an und rammte dem ungebetenen Gast sein Tauchermesser so tief ins Genick, dass die Spitze aus dem angefaulten Kehlkopf herausragte. Nachdem er die Klinge um hundertachtzig Grad gedreht hatte, zog Toby das Messer wieder heraus. Ein großer Schwall Blut klatschte auf die hölzerne Plattform – ein paar Spritzer trafen Marks Gesicht. Schnell drehte sich der Zombie um und streckte seine verwesten Arme in Tobys Richtung.

„Toby, duck dich!", rief Julius und schoss dem Angreifer in den Kopf. Noch bevor der Untote umfallen konnte, rempelte Julius ihn blitzschnell und so kräftig an, dass er im freien Fall in die Tiefe stürzte.

„So, mein Freund, nach einem Kopfschuss und einem Sturz über dreißig Meter machst du gar nichts mehr."

„Was war denn los? Wieso hast du nicht geschossen?", wollte Mark völlig aufgelöst wissen.

„Sorry, war nicht entsichert. Aber gut reagiert, Toby."

„Hey, hier ist Roland – wir sind jetzt flussaufwärts gefahren. Wie geht es weiter?"

„Sehr gut, Roland – hier Toby, ich kann euch sehen."

„Vernehme ich da ein Zittern in deiner Stimme?"

„Ja, aber das ist jetzt nicht so wichtig. Hört genau zu."

Toby leitete die beiden auf einen unwegsamen Pfad, der direkt zum Lager der Wilderer führte. Es waren vielleicht gerade mal sechshundert Meter, aber aufgrund der schlechten

Beschaffenheit des Weges dauerte diese kurze Strecke über eine Viertelstunde. Das Dosenbier war durch die sengende Hitze schon lange nicht mehr kalt. Roland fühlte sich unwohl.

„Ich habe da so ein ganz schlechtes Gefühl in der Magengegend."

„Wenn wir uns locker und abgefuckt geben, merken die nichts, Roli. Außerdem haben wir was zum Saufen dabei – wir sind also gern gesehene Gäste. Ah, da vorne ist es ja schon. Ich mache jetzt das Funkgerät aus, nicht dass uns das durch einen blöden Zufall verrät."

Zwei mit Maschinenpistolen bewaffnete Wilderer stoppten den Jeep. Die zahnlosen und ungepflegten Männer machten einen feindseligen Eindruck. Der hässlichere begann zu reden: „Was seid ihr denn für Vögel? Und was wollt ihr? Das ist hier eine geschlossene Gesellschaft."

„Nun mal ganz ruhig, Digga", gab Roland selbstbewusst von sich. „Der Chef schickt uns, wir haben ein paar Paletten Bier im Kofferraum, damit das Abschlachten besser klappt."

„Und was ist das für ein Hund auf dem Rücksitz?"

„Der gehört zu uns. Aber nicht anfassen, der beißt!", warnte Froy.

„Fahrt mit dem Wagen bis zur Feuerstelle, da könnt ihr auch wenden."

Bis jetzt hat es doch ganz gut geklappt, dachte Roland. *Jetzt nur noch schnell das Bier abladen und uns so schnell wie möglich verpissen. Mein Gott, wie finster die alle gucken. Hoffentlich sind es auch alles Biertrinker. Hm, lässt sich schwer abschätzen, wie viele insgesamt von diesen Typen hier herumlungern. Schwer bewaffnet sind sie alle, vom Alter her bunt gemischt. Klar, dass die Zorgogos keine Chance im Kampf gegen diese üble Bande haben. Auf mich machen die Typen den Eindruck, als würden sie jederzeit ihre eigene Mutter vierteilen und verkaufen. Wenn wir nicht in Peru gelandet wären, dann würden die Mörder morgen hunderte von Schimpansen bei lebendigem Leibe mit Macheten zerhacken.*

Wie grausam muss das sein, wenn eine Affenmutter mit ansehen muss, wie ihr Kleines zerstückelt wird? Wie ich diese Typen hasse – am liebsten würde ich jeden einzelnen mit meiner Harpune erledigen und ihnen beim Sterben zusehen. So, nun sind wir direkt an der Feuerstelle. Ich lass den Motor lieber laufen.

„Mach den Motor aus, ist besser für die Umwelt", sagte ein unbedeutender Handlanger, der die Klappe des Kofferraums öffnete.

Als ob du Arschloch dich um die Umwelt kümmern würdest, dachte Froy. *Ich würde am liebsten deine Eier abreißen, du primitiver Scheißhaufen.*

Bis jetzt schien der Plan wie von selbst zu laufen. Immer mehr Wilderer kamen zum Jeep, um die Paletten auszuladen. Bei dieser Gelegenheit schnappte sich jeder gleich eine Dose. Das zischende Geräusch, das durch das Öffnen entstand, war viele Male hintereinander zu hören. Dass das Bier pisswarm war, störte keinen. Nach nicht mal einer Minute war der Kofferraum leer.

„Okay, Freunde, dann guten Durst, wir müssen wieder zurück. Der Chef hat noch andere Aufgaben für uns", sagte Roland zum Abschied.

„Mooooment mal, nicht so schnell!", tönte es aus der saufenden Menge. Roland und Froy dachten in diesem Moment beide das Gleiche:

Oh Mann, das ist der Typ von der Tankstelle, den wir vermöbelt haben.

„Ihr Penner habt mir mein Nasenbein gebrochen – ihr habt doch nicht gedacht, dass ihr einfach so davon kommt?"

Ein Mann betrat die Bildfläche. Fast zwei Meter groß, mit Sicherheit einhundertsechzig Kilo auf den Rippen. Dazu ein ausgefranster Lederhut und ein filziger Vollbart. Die saufende Menge wurde mit einem Mal ruhiger und alle schauten in seine Richtung.

„Was ist hier los?"

„Die beiden haben mich an der Tankstelle in der namenlosen Stadt angegriffen und mir mein Nasenbein gebrochen."

Der vermeintliche Lagerleiter machte sich eine Dose Bier auf und ging auf Roland und Froy zu.

„Stimmt das, was mein Kumpel sagt?"

„Klar stimmt das!", meinte Froy vorlaut und ging sogar noch weiter, indem er sich provozierend vor dem Zwei-Meter-Hünen aufbaute. „Der Penner hat uns beleidigt und Schwuchteln genannt."

Oh mein Gott, Froy – das war's dann wohl, dachte Roland.

Das vor Schweiß triefende Schwergewicht nickte leicht und wandte sich dem Typen mit der gebrochenen Nase zu. Dann holte er aus und gab dem ohnehin schon Verletzten eine ordentliche Backpfeife. Der laute Knall verscheuchte ein paar Vögel, die die Szene von den umliegenden Bäumen beobachteten.

„Das war für deine Schwulenfeindlichkeit. Mein Neffe ist schwul, er ist Familie und ich liebe ihn – also pass auf, was du sagst, du Mistkäfer."

Roland zog Froy am Arm und ging zügig zum Jeep:

„Ja, äh, gut – war nett mit euch, wir müssen aber leider weiter, viel Spaß mit dem Bier."

Da es noch einige Unstimmigkeiten zwischen den Wilderern bezüglich der Backpfeife gab, die sie lautstark ausdiskutierten, konnten Roland und Froy ungehindert den Schauplatz verlassen. Im Rückspiegel sah Roland, dass jeder von ihnen eine Dose Bier in der Hand hielt. Trotz der Erleichterung gab es für Froy einen fetten Rüffel: „Sag' mal, bist du irre? Was hättest du gemacht, wenn die uns auseinandergenommen hätten? Ich dachte ich sterbe, als du auf einmal so unverschämt losgelegt hast."

„Sei doch nicht so unromantisch, Roliboy. Es hat doch alles wunderbar geklappt. Jetzt entspann dich und fahr wie vereinbart ein paar Hundert Meter weg. Ich funke die Jungs an. Toby, hörst du mich? Hier ist Froy."

„Ja, ich höre dich. Was habt ihr denn da so lange gelabert?"

„Ist eine lange Geschichte. Wie geht's jetzt weiter?"

„Fahrt mit dem Jeep außer Sichtweite des Lagers. Wir beobachten die Wilderer und warten, bis sie sich kratzen. Wenn der ganze Haufen besinnungslos geworden ist, melde ich mich – dann startet vorerst die letzte Phase – Ende."

„Ist in Ordnung, Toby, Ende. Siehst du, Roland, es läuft alles wie in Butter."

„Wie geschmiert meinst du doch. Mann, ich bin immer noch total aufgeregt. Aber mal was anderes – Papa Tundee hat nicht erwähnt, wie lange diese Typen Zombies bleiben. War da nicht was mit zwei Wochen oder so?"

„Nein, Roli, das bringst du durcheinander. Die Arbeiter, die in der Fabrik gestorben sind, waren ja so richtig tot, da konnte man eigentlich nichts mehr machen. Tundee hat es aber mit einem seiner Rituale geschafft, den Körpern für ein oder zwei Wochen ein wenig Leben einzuhauchen. Das Zombiegift, das gleich bei den Wilderen in die Blutbahn gelangt, macht ja aus lebenden Menschen Untote. Sie bleiben in diesem Zustand – so lange, bis man ihr Gehirn zerstört, oder ihnen den Kopf abreist oder so was Krasses."

„Ah, ich verstehe. So oder so – sie werden keine normalen Menschen mehr werden – und können demnach auch keine Affen mehr abschlachten."

„Genau, jedenfalls nicht mit dieser extra starken Dosis, die Papa Tundee angesetzt hat."

„Oh Mann, Froy, ich bin immer noch völlig aufgewühlt. Die Situation eben gerade, und dann der Gedanke an das Affenschlachten – das macht mir zu schaffen."

„Nicht weit von hier ist eine Stelle, an der das Wasser des Mayantuyacu-Fluss nicht heißer als vierzig Grad ist. Was meinst du? Machen wir kurzfristig eine kleine ungestörte Whirlpool-Party?"

Roland stimmte Froys Idee schweigend und lächelnd zu.

Auf der Aussichtsplattform des Baumes der zerstörten Träume war die Observation in vollem Gange. Toby beobachtet das Treiben der Wilderer durch Froys Scharfschützengewehr. Julius bevorzugte ein Fernglas und Mark guckte durch das Teleobjektiv, das er vor seinen Fotoapparat gespannt hatte. Zwei bis drei Mal pro Minute drückte er den Auslöser – dabei fiel ihm etwas Unangenehmes auf: „Sagt mal Leute, hat nun jeder von denen ein Bier getrunken, oder wie oder was? Ich sehe zwar, dass die meisten eine Dose in der Hand halten und daraus trinken – aber ich sehe auch zehn oder zwölf Figuren, die das nicht tun."

„Du meinst, haben die schon ein Bier weggezischt, und wir haben es nicht mitbekommen? Oder sie haben keine der Dosen angefasst?", überlegte Toby.

„Das könnte zum Problem werden. Nehmen wir an, zwölf Leute trinken kein Bier, also haben diese auch keine mit Zombiegift bestäubte Dose angefasst. Schlussfolgerung: Wir müssen die nicht verwandelten Wilderer irgendwie loswerden", meinte Julius. „Es geht ja nicht anders – logisch, ne?!"

„Na bitte, es geht endlich los – die ersten kratzen sich!", konnte Mark beobachten. „Manche am Hals, andere an den Armen, und drei oder vier im Gesicht, und das ziemlich stark – so wird die Haut auf jeden Fall aufgeraut. Juckpulver beizumischen war von Tundee so eine simple Idee, aber das Ergebnis ist genial. Freie Fahrt für das Zombiegift!", freute sich Mark.

„Das läuft doch super. Laut Plan müssten die ersten demnächst besinnungslos werden und wie die Fliegen umfallen. Dann müssen Froy und Roland wieder ran", meinte Toby.

KAPITEL 9 – ANGRIFF IST
DIE BESTE VERTEIDIGUNG

Stiles erkundete neugierig die Gegend, behielt aber Roland und Froy fest im Blick. In einer unbekannten Gegend durfte sich das Rudel nicht weit voneinander entfernen, so die Theorie des gutmütigen Fellbatzens. Seine beiden Menschenfreunde hatten momentan allerdings überhaupt keine Augen für ihn – sie waren viel zu intensiv mit sich selbst beschäftigt und vergaßen alles um sich herum. Sie standen bis zur Hüfte im fast heißen Wasser und hielten sich fest im Arm, nachdem sie zuvor alle erdenklichen Körperflüssigkeiten ausgetauscht hatten.

„Stell dir vor, jemand würde jetzt unsere Klamotten klauen, dann müssten wir den Plan völlig nackt fortsetzen", scherzte Roland.

„Wie kommst du denn darauf? Hier ist doch keiner?"

„Ach, ich habe gerade an eine Szene aus dem Film *Planet der Affen* gedacht – natürlich an das Original von 1968, nicht dieser neue sterile Green-Screen-Kram."

„Hier ist Toby – meldet euch!", tönte es schrill aus dem Funkgerät. Genervt ging Roland aus dem Gewässer, um den Funkruf vom Jeep aus zu beantworten.

„Ja, Roland hier. Können wir den Plan fortsetzen?

„Jein – teilweise. Also die meisten sind durch das Zombiegift betäubt. Das Problem ist, dass fünf Leute kein Bier getrunken haben, wie wir von hier oben sehen können. Einer von denen labert ständig in sein Funkgerät. Wie es aussieht, kriegt er wohl keine Antwort. Wahrscheinlich will er per Funk Hilfe holen, nehmen wir zumindest an. Das funktioniert aber nicht, weil sie außerhalb der Funkreichweite sind. Er redet immer noch, und bekommt natürlich auch immer noch keine Antwort. Mann, was für ein dämliches Arschloch. Die haben sich eines der Fahrzeuge geschnappt und fahren in eure Richtung. Wahrscheinlich wollen sie in den nächsten Ort und von da aus ihren Chef anrufen. Ihr müsst sie aufhalten."

„Immer nur Probleme. Ich melde mich gleich wieder."

„Was war denn los, Roli?"

„Ein paar Typen haben die Bierdosen wohl nicht angefasst. Schnapp dir deine Sniper, ich mache meine Harpune startklar."

„Wollen wir uns nicht erst mal anziehen?"

„Nö, hier ist doch keiner. Außerdem ist es doch mal was anderes – und keiner von uns muss sich wirklich verstecken, du verstehst?!", fragte Roland und zwinkerte Froy im Flirtmodus zu.

„Jetzt hol die Waffen, du kleiner Charmeur. Dann platzieren wir uns am besten hier hinter dem Felsen, da haben wir freie Schusslinie."

„Nackt und unbewaffnet, was für eine leichte Beute. Also bei mir ist genau das Gegenteil der Fall, wie ihr sehen könnt. Ich bin angezogen, und habe eine geladene Pistole, die auf euch gerichtet ist", sagte eine Stimme, deren Inhaber hinter dem Jeep hervorkroch.

„Hände hoch! Du, geh zu deinem Freund ins Wasser, da habe ich euch besser unter Kontrolle. Übrigens, gute Idee, das mit dem Geheimfach unter dem Fahrzeug – es sei denn, jemand versteckt sich darunter und findet es. So ein Jeep hat eben eine große Wattiefe. Oh, Entschuldigung, ich habe mich noch gar nicht vorgestellt, ich bin der Jimmy. Habe bestimmt schon an die zwanzig Menschen umgelegt – aber bestimmt fünf mal so viele Schimpansen."

„Na, das ist ja eine Leistung, auf die du stolz sein kannst, Jimmy. Hast du dich bereits im Lager unter unseren Wagen geklemmt?", fragte Roland, der sich schützend vor Froy stellte.

„Ihr habt es erfasst. Unserem Lagerleiter kam euer kalifornisches Nummernschild komisch vor – und obwohl er ein riesen Arschloch ist, hat er recht gehabt. Euer Fehler war, in meiner Anwesenheit über euren Plan mit dem Zombiegift zu reden. Ich werde zur Sicherheit euer Funkgerät in den Fluss schmeißen – nicht, dass ihr damit noch Hilfe holt. Wir fahren jetzt zurück ins Lager, also los, einsteigen."

„Dürfen wir uns vielleicht was anziehen?", fragte Froy genervt.

„Ja, aber schön langsam, sonst schieße ich euch in den Bauch und lasse euch verbluten."

Wie ein Blitz sprang Stiles aus einem Gebüsch und biss in die Wade des Bösewichts und schüttelte sein Bein kräftig hin und her, woraufhin der Wilderer sofort auf den Hund schoss.

„Stiles", schrie Roland.

Zum Glück wurde Stiles nur leicht an der Schulter getroffen. Der massige Rottweiler brachte den Wilderer so aus dem Gleichgewicht, dass ein genaues Zielen nicht möglich war.

Das rettete dem mutigen Rotti das Leben. Trotzdem ließ er nach dem Schuss von seinem Opfer ab und suchte das Weite. Der laute Knall der Pistole und der brennende Schmerz durch den Streifschuss waren zu viel für den sonst so gutmütigen Hund.

„Verpiss dich, du verdammter Köter. Beim nächsten Mal schieße ich nicht daneben!", brüllte der Primitivling lautstark.

Hoffentlich rennt er zum Bunker – oder im besten Fall zu den anderen, dachte Roland. *Oh Mann, ich höre den Motor eines*

Fahrzeuges. Das ist überhaupt nicht gut.

Der Wilderer war einfach nicht in der Lage, seine Gedanken für sich zu behalten, und so dachte er laut: „Da hinten kommt ein Auto angefahren. Das ist doch der kleine Transporter, der uns gehört?! Ich wollte doch gerade diese Jungs in den Kofferraum des Jeeps stecken und zurück ins Lager fahren. Verstehe ich nicht."

Roland und Froy sahen sich mit noch immer erhobenen Händen an und warfen sich einen Gedanken zu: *Meine Fresse, ist das ein saudämliches Arschloch.*

Als das Fahrzeug langsam näher kam, schrie einer der fünf Männer schon von weitem, was sich im Lager zugetragen hatte. Leider war es der Typ, dem Roland das Nasenbein gebrochen hatte – der spielte sich nun als Chef auf.

„Jimmy, fessle die beiden und verfrachte sie in den Jeep, dann fahren wir alle zurück zum Lager. Wir haben jetzt eine neue Situation. Mit unseren zwei Gästen können wir zusammen herausfinden, was mit unseren Leuten passiert ist. Außerdem habe ich dort besseres Werkzeug, um die beiden Jungs zu foltern. Vielleicht erfahren wir dann, wieso fast sechzig Leute auf einmal bewusstlos werden. Bisher habe ich jeden zum Sprechen gebracht. Wenn wir den ganzen Spuk aufgeklärt haben, fahren wir mit diesen Infos zum Chef. Das riecht nach einer Belohnung."

„Alles klar, das war auch meine Idee, ich hätte sie auch in den Kofferraum gesteckt und zurück zum Lager gebracht. Ich habe auch ihr Funkgerät in den Fluss geworfen!"

„Du verdammter Idiot! Die sind doch nicht alleine, jetzt können wir keinen Kontakt zu ihren Komplizen herstellen. Egal, wir treffen uns im Lager, los jetzt!", trieb der selbsternannte Chef seine Kollegen an.

Jimmy band Rolands und Froys Hände auf ihren Rücken zusammen und trieb sie unsanft in den Kofferraum ihres Jeeps. Dann setzte er sich ans Steuer und fuhr seinen Kollegen hinterher.

„Jetzt sind wir ganz schön am Arsch", flüsterte Froy.

„Es gibt zwei Möglichkeiten, mein Lieber. Die Jungs befreien uns, oder wir werden von diesen primitiven Typen in Scheiben geschnitten."

In der Zwischenzeit versuchte Toby erfolglos, die beiden über Funk zu erreichen.

„Das kann doch nicht sein, dass die sich nicht melden. Da muss doch was passiert sein."

„Merkwürdig, dass Roland und Froy mit diesen Typen nicht fertig geworden sein sollen. Ich meine, wir haben sie ja vorher noch über Funk gewarnt. Ich glaube auch, dass da was schief gelaufen ist!", meinte Julius.

„Da unten ist Stiles!", schrie Mark. „Wir müssen sofort los, ist ja wohl logisch, dass Roland und Froy in Schwierigkeiten stecken. Packt euren Kram zusammen und dann auf zum Lager."

Toby gab etwas zu bedenken: „Moment mal, lasst uns jetzt keinen Fehler machen. Einer von uns sollte hier oben bleiben und das Lager im Auge behalten. Zum Glück habe ich vier Walkie-Talkies eingepackt, damit können wir in Kontakt bleiben."

„Alles klar, ich habe verstanden, es ist wohl auch taktisch klüger", gab Mark nicht so begeistert zu. „Ich bleibe hier und berichte euch über Funk, was im Lager vor sich geht. Aber mal was anderes, wir nehmen ja nur an, dass etwas schief gelaufen ist, und dass der Wagen, der vorhin das Lager verlassen hat, wieder zurückkehrt – zusammen mit Roland und Froy? Oder habe ich da einen Denkfehler?"

„Ich sage mal so: Wenn die Wilderer unsere Freunde nicht zurück ins Lager bringen, haben wir ein Problem, ein ziemlich großes sogar. Es könnte aber auch sein, dass die Typen mit unseren Jungs ganz woanders hinfahren, dann können wir gar nichts machen."

„Das ist wohl wahr, Toby", bestätigte Julius. „Aber ich glaube daran, dass die Typen in ihr Lager zurückfahren. Wo sollen sie sonst hin? Wahrscheinlich werden sie Hoffnung haben, dass ihre Kollegen wieder aufwachen aus ihrer Besinnungslosigkeit. Also, lasst uns keine Zeit verlieren!"

Zügig, schon fast im Lauftempo gingen Toby und Julius die Wendeltreppe herunter. Abgesehen von Funkgerät, Pistole, Scharfschützengewehr und Tauchermesser verzichteten die beiden auf Gepäck. Jetzt hieß es *Kampfmodus aktivieren*. Sie erreichten die Stelle, an der die Treppe durch die Zombies zum Einsturz gebracht worden war. Fast zweieinhalb Meter mussten sie in die Tiefe springen, landeten aber unverletzt auf dem weichen Waldboden. Stiles begrüßte den Teil seines Rudels ausgiebig. Dann meldete sich Mark über Funk: „Ihr hattet recht, es sind gerade zwei Fahrzeuge im Lager angekommen, darunter unser Jeep. Sie bringen Roland und Froy in ein Zelt."

Im Laufschritt bewegten sich Toby und Julius Richtung Lager – Stiles blieb den beiden dicht auf den Fersen. Per Luftlinie von der Aussichtsplattform waren es um die dreihundert Meter Entfernung, die mussten aber erst mal auf dem unebenen Waldboden zurückgelegt werden.

Hoffentlich ist es nicht zu spät, dachte Julius. *Ich habe einundzwanzig Kugeln in meinem Magazin, das sollte reichen, um fünf Typen platt zu machen. Außerdem haben wir noch das Scharfschützengewehr.*

Im Lager, wo Roland und Froy in einem Zelt an zwei Stühlen gefesselt wurden, ging es weniger friedlich zu. Der neue Anführer drückte Jimmy ein Messer in die Hand: „Na los, du weißt, was zu tun ist. Ich sehe lieber zu. Wenn mindestens ein Liter Blut geflossen ist, fange ich an, ein paar Fragen zu diesem Bier zu stellen. "

Jimmy setzte die Klinge ohne zu zögern und lächelnd auf Froys Brust an und zog das Messer mit einem kräftigen Druck von links nach rechts. Blut triefte sofort aus der tiefen Wunde, Froy schrie laut vor Schmerzen.

„Ihr seid ganz einfach nur feige Schweine, nichts anderes!", schrie Roland den Wilderern entgegen.

Jimmy ließ sich davon nicht beeindrucken und setzte die Klinge erneut an, diesmal hinter seinem Ohr. Dann zog er die Klinge acht Zentimeter nach unten. Das Blut strömte nur so und lief an Froys Hals herunter. Roland flippte völlig aus und versuchte wie ein Wahnsinniger, seine Fesseln zu lösen, doch das war vergeblich.

„Hier ist Mark, könnt ihr mich hören? Habt ihr auch die Schreie gehört?"

„Zweimal ja", antwortete Toby. „Wie ist die Lage?"

„Zwei bewaffnete Leute sind draußen vor dem Zelt und halten Wache. Die anderen drei sind mit Roland und Froy im Zelt. Der Rest liegt immer noch besinnungslos herum. Beeilt euch, verdammt! Ach so, ab jetzt Funkstille – nur im Notfall melden."

„Gib mir mal das Scharfschützengewehr, ich habe mit so was schon mal geschossen. Nimm du meine Pistole – aber pass auf, sie ist entsichert", flüsterte Julius. „Ich habe nun einen der zwei Typen vor dem Zelt im Fadenkreuz. Die Entfernung ist ziemlich groß, vielleicht sollten wir näher ran. Wenn ich vorbei schieße, sind sie gewarnt. Außerdem könnte ich jemanden in dem Zelt treffen, wenn die Kugel vorbeigeht. Denk dran, Stiles gut festzuhalten – nicht, dass der vor Schreck wegläuft."

„Hört sich vernünftig an, Julius."

Schleichend versuchten die beiden, näher an ihr Schussziel zu gelangen. Da aus dem Zelt aber wieder ein markerschütternder Schrei zu hören war, visierte Julius sein Ziel erneut an und drückte ab.

„Treffer! Mitten ins Gesicht. Jetzt schnell nachladen ..."

„Beeile dich, Julius, die drei anderen stürmen aus dem Zelt und glotzen blöde."

„Geht sofort weiter – anvisieren, uuuund Schuss! Treffer, der Typ mit dem Nasenverband ist hin."

„Mist, die übrigen drei rennen in unsere Richtung, sind vielleicht dreißig Meter entfernt, aber sehen können sie uns nicht", beobachtete Toby.

„Ich nehme den rechten, schieß du auf die anderen. LOS! FEUER!"

Julius konnte sein Opfer mit einem gezielten Kopfschuss töten, Toby feuerte zwölf Kugeln auf die zwei Wilderer, die mit ihren Maschinenpistolen zurückfeuerten – ohne zu wissen, wo ihre Kugeln landeten. Einen hatte Toby erwischt.

„Toby, ich bin getroffen, an meiner Schulter."

„Es blutet. Warte, einer von denen lebt noch. Wo ist er, ich kann ihn nicht sehen?"

Plötzlich sprang der letzte der unangenehmen Bande aus dem Gebüsch, richtete seine Maschinenpistole auf Julius und drückte, begleitet von einem kriegerischen Schrei, den Abzug seiner Waffe, die allerdings unter einer Ladehemmung litt. Reflexartig feuerte Toby achtmal mit seiner Sig Sauer 9mm auf den Angreifer. Die Einschusslöcher im Gesicht entstellten sein ohnehin schon hässliches Antlitz, das nun wie eine zermanschte Erdbeertorte aussah.

„Guter Schuss, Toby. Oder besser gesagt, gute Schüsse."

„Geht es dir gut? Deine Schulter blutet!"

„Ist nur ein Streifschuss, so wie es aussieht. Das meiste Blut ist von dem Typen, den du gerade umgenietet hast. Stiles ist auch verwundet, siehst du, Toby?"

„Das habe ich vorhin schon gesehen, bei ihm ist es aber nur ein leichter Kratzer, den man kaum sieht."

„Das verheilt wieder – aber lass uns jetzt schnell zum Zelt laufen, hoffentlich geht es den beiden gut."

„Ist gut, aber wir sollten unsere Waffen schussbereit halten, für unangenehme Überraschungen."

Stiles riss sich von der Leine los und sprintete zum Zelt, als ob er schon von weitem gewittert hätte, wer sich darin befand. Dabei sprang er über die kreuz und quer auf dem Boden verteilten Besinnungslosen. Als Toby und Julius keuchend vom Laufen das Zelt betraten, bot sich ihnen ein Bild des Grauens.

„Versorgt Froy, der blutet wie Sau und ist ohnmächtig geworden!", schrie Roland verzweifelt.

Während Toby und Julius ihre Freunde von den Fesseln befreiten, trudelte glücklicherweise Mark ein. Mit geübten Händen fing er sofort an, Froy zu versorgen.

„Zum Glück habe ich Verbandszeug und eine kleine Flasche Braunol in meinem Rucksack. Toby, hilf mir, Froy auf diese Pritsche hier zu legen. Roland und Julius, raus hier. Nehmt Stiles mit und setzt den Plan fort.

„Ich würde aber gern hier bei Froy bleiben", meinte Roland.

„Bis du verletzt?"

„Nein."

„Dann geh bitte, du bist in dieser Sache zu emotional. Außerdem reicht es, wenn Toby mir hilft."

So kenne ich Mark gar nicht, dachte Roland. *Aber gut, ich gehe nach draußen zu Julius.*

„Und, ist es schlimm?", fragte Toby vorsichtig.

„Die Schnitte sind tief, werden aber verheilen. Ich kippe jetzt großzügig Braunol auf die Wunden, das desinfiziert. Gut, dass Froy bewusstlos ist. Dann können wir ihn in aller Ruhe verbinden. Das Blöde ist, dass das genäht werden muss. Ich habe aber nichts dafür."

„Warte kurz, ich habe eine Idee", meinte Toby und ging kurz aus dem Zelt. „Hey! Roland, Julius, sucht mal ganz schnell einen Erste-Hilfe-Koffer oder so was und bringt ihn her."

Die beiden reagierten sofort und suchten zuerst im größten Zelt, das vermutlich dem Lagerleiter zugedacht war. Ihr Riecher hatte sie auf die richtige Fährte gelockt, denn ein Koffer, mit einem großen roten Kreuz bedruckt, stand griffbereit neben einem kleinen Feuerlöscher. Roland schnappte sich das Teil und lief wie vom Teufel gejagt zu Mark.

„Hier, ich habe ihn, und? Wie geht es ihm?"

„Toby, nimm Roland den Koffer ab und öffne ihn. Roland, geh zu Julius. Jetzt hoffen wir nur, dass hier auch Nadel und Faden drin sind. Ah, hier – warum sollten wir auch nicht mal Glück haben? Toby, du kannst jetzt auch gehen, den Rest schaffe ich allein."

„Bist du sicher?"

„Ja, ich nähe die drei Schnitte zu. Ach, warte kurz – hier hast du Tupfer und Braunol – behandle damit Stiles Schulter, aber schlimm ist es nicht, habe ich vorhin schon gesehen."

Toby befolgte Marks Anweisung – dann trieb er den Plan weiter voran: „Okay Jungs, Mark ist wirklich großartig, aber er will von uns jetzt nicht gestört werden. So selbstsicher, wie er Froy verarztet. Ich muss ihn nachher unbedingt fragen, wo er das gelernt hat."

„Wie lange sind die ganzen Typen hier eigentlich noch bewusstlos?", fragte Julius.

„Gute Frage, nächste Frage."

„Dann kommt jetzt die Phiole mit Blut zum Einsatz – ich habe sie schon aus dem Rucksack geholt", meinte Roland.

Und so setzten die drei den Plan vorerst alleine fort: Sie öffneten den Mund jedes einzelnen Wilderers und träufelten ein paar Tropfen Menschenblut hinein. Papa Tundee hatte es in seinem Dorf von spenderwilligen Kriegern bekommen.

„Wir machen das jetzt schon bestimmt zwanzig Minuten, hat jemand im Auge, welche wir noch nicht hatten?", fragte Roland.

„Siehst du doch an den blutroten Lippen. Aber wir haben mit Sicherheit schon über dreißig abgefrühstückt. Kann vielleicht mal jemand anderes die Münder aufklappen? Voll ekelig, den ganzen Typen im Gesicht rumzufummeln", beschwerte sich Julius.

„Ja, komm, ich halte auf, du träufelst rein", bot Toby an.

„Und ich gehe mal nach Froy und Mark sehen", sagte Roland strahlend. „Oh, da kommen sie ja. Froy, wie geht es dir?

Sollst du dich nicht ausruhen?

„Ach Quatsch, Mark hat mich bestens versorgt und mir dazu noch eine Spritze gegen Schmerzen verabreicht. Ich bin völlig in Ordnung - kannst mir glauben, Roli."

Der nahm Froy erst mal richtig in den Arm und hielt ihn für eine lange halbe Minute fest.

„Ich hatte solch eine verfickte Angst um dich - ich dachte, die zerschneiden dich bis zum Tod."

„Ach, so schnell lasse ich mich nicht unterkriegen. Ich denke, wir sollten nun alle den Inhalt der braunen Phiole trinken. Ich bin schon ganz gespannt, wie es wirkt."

Toby und Julius hatten nun auch dem letzten Wilderer Menschenblut verabreicht und bereiteten sich mental auf den nächsten Schritt des Plans vor. Die Jungs versammelten sich alle an der Feuerstelle. Froy fasste zusammen: „Nach Papa Tundees Plan wirkt das Zombiegift eine bis drei Stunden nach der Verabreichung. Das bedeutet, die Ersten könnten in der nächsten halben Stunde als Zombies aufwachen. Weil wir ihnen Menschenblut in den Mund geträufelt haben, sollten sie als Untote Hunger auf menschliches lebendes Fleisch haben. Wir trinken jetzt, bis auf Mark, den Inhalt der braunen Phiole, die ebenfalls Zombiegift enthält, allerdings ein stark abgeschwächtes Elixier. Wir werden nicht besinnungslos, aber von den anderen Zombies als Gleichgesinnte wahrgenommen. Laut Tundee greifen die uns also nicht an - außerdem können wir die Herde führen, wenn wir zu viert alle in eine Richtung gehen."

„Und diese Richtung ist die Fabrik", fügte Toby hinzu.

„Sehr richtig!".

„Hast du übrigens gut erklärt, mein Lieber", lobte Roland seinen Schwarm. „Hat sonst noch jemand Fragen?"

Julius trat vor: „Ja, wie lange brauchen wir für die ganze Aktion?"

Mark hatte den Ablauf parat: „Also wir führen die Herde zur Fabrik - das kann je nach Tempo so ein bis zwei Stunden dauern. Auf jeden Fall wird es dunkel sein, wenn wir dort ankommen. Der Wachdienst und die Mitarbeiter sollen durch unsere hausgemachten Zombies verjagt werden. Sobald wir die Herde in das Innere der Fabrik geführt haben, kehren wir sofort zum Bunker zurück, richtig?"

Ein einstimmiges Nicken bestätigte Marks Ausführungen.

Ich sehe alles doppelt, dachte Froy. *Mir wird so komisch, meine Knie, so weich.*

„FROY!", schrie Roland.

„Er ist ohnmächtig geworden. Wahrscheinlich belasten die Verletzungen seinen Körper zu sehr", meinte Mark, während er vorsichtig Froys Augenlider hochzog, um den Lidschlussreflex zu prüfen – doch in diesem Moment wachte Froy auf.

„Oh Mann, wahrscheinlich habe ich mich ein wenig überschätzt."

„Hast du Schmerzen?"

„Ja, Mark, ein wenig – es zieht."

Während Roland und Julius Froy auf die Beine halfen, traf Mark innerlich eine Entscheidung:

„Okay, das war's für Froy. Sein Körper ist viel zu schwach für die ganze Aktion. Außerdem wissen wir nicht, wie Papa Tundees Elixier wirkt, wenn jemand schon starke Schmerzmittel in sich hat. Immerhin habe ich unserem Froy eine anständige Ladung Oxycodon verpasst."

„Ach was, ich schaffe das schon, mir ist nur etwas schwindelig geworden, das ist schon wieder vorbei."

Doch Roland ließ das nicht durchgehen: „Das könnte dir so passen, mein Lieber – du nimmst jetzt Stiles und fährst mit dem Jeep zurück zum Bunker. Und da ruhst du dich aus – und sonst nichts – verstanden?!"

„Also gut, einverstanden."

„Warte kurz, Froy, ich gebe dir noch eine Schmerztablette mit – ach, nimm den ganzen Koffer mit, die Typen hier brauchen den eh nicht mehr. Nimm aber höchstens eine, wenn die Schmerzen zu stark werden, verstanden? Eine!", machte Mark deutlich.

„Sag mal, woher weißt du so viel über Medizin, und warum kannst du Wunden nähen? Du bist doch kein Arzt?", fragte Froy nachdenklich.

„Mein Vater hat eine kleine Flugzeugflotte für Transporte. Als Pilot muss man regelmäßig einen Erste-Hilfe-Kurs machen, da bin ich jedes Mal mitgegangen – schon als Kind. Später habe ich an den Fortgeschrittenenkursen teilgenommen, da ist schon was hängengeblieben. Wunden versorgen kann ich, wenn ich das Zubehör habe."

„Respekt! Echt jetzt!"

„Jetzt hau schon ab, wir sehen uns ja in ein paar Stunden wieder", sagte Roland zu Froy und drückte ihn kräftig. Dann stieg dieser mit Stiles in den Jeep und fuhr zum Bunker.

Die anderen tranken nacheinander aus der braunen Phiole. Gespannt warteten die Jungs auf eine Reaktion ihres Körpers. Da keiner von ihnen jemals zuvor ein Zombiegift zu sich genommen hatte, beobachtete man sich gegenseitig sehr genau.

„Also ich merke nichts", stellte Roland fest. „Jemand von euch?"

Als Antwort bekam er ein dreifaches Kopfschütteln.

„Wir nehmen aber unsere Waffen mit, das ist wichtig!", so Roland weiter. „Ich hole mal schnell meine Harpune – hat dieser komische Jimmy ja in unserem Jeep abgelegt. So ein Blödmann, den Köcher mit den Pfeilen hat er im Geheimfach unter dem Wagen gelassen. Julius, hast du deine Pistole? Ist sie geladen? Toby, dein Tauchermesser? Nimm doch noch eine Maschinenpistole dazu, hier liegen ja genug herum. Mark, ich weiß ja, dass du keinen Bock auf Waffen hast, aber in diesem Fall wäre es gut, wenn du dir eine Pistole mitnimmst."

Toby stöhnte: „Also jetzt merke ich doch was. Dieses

hypernervöse Getue von Roland geht mir auf die Eier. Komm her, setz dich hin und halte einfach mal deine Fresse!"

Mark machte sich derweil mit Froys Scharfschützengewehr vertraut: „Hm, eigentlich eine ganz schöne Waffe. Dieses Zielfernrohr ist im Grunde ja nichts anderes, als wenn ich durch das Teleobjektiv meiner Nikon-Kamera gucke."

„Was sind denn das für Töne, Kleiner? Du warst doch immer ein absoluter Gegner von Waffen?!", wunderte sich Roland. Auch Toby und Julius sahen Mark verwundert an.

„Was glotzt ihr so? Ich habe ja nur festgestellt, dass diese Rifle eine schöne Waffe ist, die, nebenbei bemerkt, sehr hochwertig gefertigt wurde. Ich glaube, ich gebe mal ein paar Testschüsse ab, damit ich ein Gefühl dafür bekomme."

„Ja, aber du bleibst hier bei uns", forderte Roland.

Mark visierte die tragende Aluminiumstange eines Zelts an, das vielleicht fünfundzwanzig Meter entfernt stand. Als er einen Schuss abgab, flog die Stange mit voller Wucht in das Zelt hinein und brachte die gesamte Konstruktion zum Einsturz. Gerade wollten die Jungs kräftig applaudieren, da blieb ihnen der Atmen weg. Das Zombiegift zeigte erste Anzeichen einer Wirkung, die Julius flüsternd dokumentierte: „Das gibt es doch nicht. Der erste Wilderer ist zu einem Zombie auferstanden. Das ist voll gruselig, guckt mal, wie er sich suchend dreht – als ob er nicht weiß, wo er ist. Scheiße, er guckt in unsere Richtung – und kommt langsam auf uns zu. Was machen wir?"

„Ruhig bleiben", empfahl Toby. „Kein lautes Reden, keine hektischen Bewegungen. Wir passen uns einfach an. Zunächst bleiben wir hier an der Feuerstelle sitzen und machen gar nichts. Wenn die meisten aufgewacht sind, gehen wir los."

Der Plan schien aufzugehen. Immer mehr Zombies erblickten das Licht der Welt. Schleichend und unkoordiniert gingen die Untoten im Lager hin und her, als würden sie etwas suchen. Glücklicherweise blieben alle zusammen.

„Der erste Zombie ist gleich hier! Ich habe Schiss!", gab Mark zu.

„Der checkt uns sicherlich nur ab, er will wissen, ob wir zu seiner Spezies gehören. Er wird merken, dass wir uninteressant für ihn sind. Wenn es klappt, hat das braune Zeug aus der Phiole funktioniert", so Toby.

„Na toll, und wenn es nicht klappt?!"

Tatsächlich ging der Zombie an den sitzenden Jungs vorbei, ohne von ihnen Notiz zu nehmen. Papa Tundees Hexenküche hatte gute Arbeit geleistet. Knapp fünfzig Wilderer torkelten nun als Untote durch das Lager. Der Plan konnte fortgesetzt werden. Toby gab mit gedämpfter Stimme den Startschuss: „Alles klar, jeder nimmt seine Waffe, dann stehen wir langsam auf und passen uns der Gehweise an. Wir bleiben aber deutlich sichtbar für die Zombies zusammen in einer Gruppe – die sollen erkennen, dass wir zu ihnen gehören. Los geht's – Ziel ist erst mal der Mayantuyacu-Fluss."

Die Jungs gingen sehr langsam und drehten sich ständig um. Sie bemühten sich, ihre Bewegungen in Zeitlupe auszuführen. Keiner wollte riskieren, von der Herde angegriffen zu werden.

„Es klappt", flüsterte Mark. „Vier Untote folgen uns. Der Rest guckt blöde hinterher, bleibt aber stehen. Nein, sie gehen jetzt los. Das klappt ja wirklich."

„Wieso machen wir das noch mal?", fragte Roland, obwohl er die Antwort längst kannte.

„Weil wir gute Menschen sind und das Richtige tun, abgesehen von ein paar Leichen, die wir hinterlassen haben. Na ja, vielleicht sind wir eher Antihelden. Aber egal, die Fabrik wird schließen und vergiftet die Umwelt nicht mehr, und diese Affenschlächter dürften auch hinüber sein – damit retten wir hunderte von Schimpansen!", so Toby.

„Bei diesem Tempo brauchen wir ja mehrere Stunden. Geht das nicht schneller? Na los, Toby, lass uns mal einen Zahn zulegen", quengelte Roland.

„Also gut, probieren wir eine etwas schneller Gangart."

Hoffentlich behält das Zombiegift in unseren Körpern auch lange genug seine Wirkung, dachte Julius. *Wenn ich mich so umsehe, finde ich das echt richtig gruselig. Diese leblose Augen und wie sie sich bewegen – als hätten sie eben gerade erst das Laufen gelernt. Aber es scheint ja zu klappen, unsere selbst gemachten Zombies folgen uns.*

Mark war ebenfalls in Gedanken versunken: *Eigentlich ist es ganz gut, dass Froy in den Bunker zurückgefahren ist. Dann kann er sich wenigstens um Stiles kümmern. Mein geliebter Rotti wäre sowieso fehl am Platz gewesen, und viel zu gefährlich wäre es auch. Hm, ich merke gerade, dass ich mich mit dem Gewehr irgendwie sicherer fühle. Vielleicht brauche ich es ja gar nicht. Oder vielleicht doch? Ehrlich gesagt, wundere ich mich – und zwar über mich selbst.*

KAPITEL 10 – GROSSANGRIFF
DER ZOMBIES

Froy fuhr den Jeep so dicht es ging an die Luke. Dabei machte er eine außergewöhnliche Feststellung.

Das ist ja merkwürdig, wer hat denn die Luke offen gelassen?
„Warte kurz, Stiles, ich muss den Gurt holen, sonst kann ich dich nicht in den Bunker tragen. Wir wollen dich ja nicht so lange im Auto lassen, bis die anderen wiederkommen, nicht wahr, mein Freund?!"

Während der gut gelaunte Froy die gusseiserne Leiter hinunterstieg, pfiff der bekennende Schlagerfan sein Lieblingslied von Tony Marshall mit dem glorreichen Titel *Tätärätätätä.*

Wo ist denn nur dieser blöde Gurt? Ah, ich glaube im Wohnzimmer. Boah, das riecht hier drin ja immer noch nach Wodka, wahrscheinlich hat deswegen einer von den Jungs die Luke offen gelassen.

Leider lag Froy mit dieser Annahme völlig daneben. Während er den Gurt für Stiles in der unaufgeräumten Wohnstube suchte, fiel ihm nicht auf, dass einer von Papa Tundees Zombies regungslos hinter der mobilen Leinwand stand, auf der sie mittags noch zusammen einen Film angesehen hatten. Froy stellte sich in die Mitte des Raumes und redete zu sich selbst: „Ich werde mich jetzt einmal langsam drehen und mit meinen Augen alles absuchen. Wahrscheinlich liegt der Gurt hier irgendwo rum. Oh Mann, ich bin so blöd – der ist doch im Auto. Also wieder zurück. Was zum Teufel ...?"

Ich glaube, ich kriege gleich einen Herzinfarkt – da steht jemand hinter der Leinwand, das ist doch ein Zombie! Oh Mann, seine Füße sind völlig verwest. Was mache ich jetzt? Erst mal ruhig atmen und ganz leise bewegen. Woher kommt der? Das muss einer sein, den Tundee vor einer oder zwei Wochen erweckt hat. Er meinte doch, dass einige sinnlos umherlaufen. Toll, jetzt habe ich so einen hier in meinem Zuhause. Ich schleiche mich schnell ins Schlafzimmer, da habe ich noch eine Walther Q5. Eine Neun-Millimeter-Kugel dürfte dieser Gestalt ein Ende bereiten.

Verdammt, was ist jetzt? Das Licht geht aus und die Türen verriegeln sich – wieso wird das beknackte Sicherheitssystem aktiv? Schließt da jemand die Luke? Oh Mann, jetzt stehe ich im tiefschwarzen Dunkeln und sehe absolut nichts. Wie soll ich hier nur rauskommen? Okay, Ruhe bewahren. Auf jeden Fall ganz flach atmen, damit der Verfaulte mich nicht orten kann – ich bin so aufgeregt, dass ich schnaufe wie eine Lokomotive. Oh Gott, ich kann seine Schritte hören, jetzt fängt er auch noch an zu hecheln. Aber wo geht er hin? Ich versuche, ihn anhand seiner Geräusche ausfindig zu machen, und gehe in die entgegengesetzte Richtung – das ist meine einzige Chance, um zu überleben – ihm einfach aus dem Weg gehen. Wenn der mich erst mal hat, beißt der Penner sich in meinem Fleisch fest, das war's dann für mich. Wenn ich hier rüber – Mist – das war mein Knie an der Tischkante. Es ist ganz still – ich glaube, er bewegt sich nicht. Gott, das sind noch Stunden, bevor die Jungs zurückkommen – und der arme Stiles ist im Jeep eingesperrt.

Jetzt lässt auch noch das Schmerzmittel nach. Ich merke richtig, wie die genähten Schnittwunden brennen. Bisher kann ich es noch aushalten. Oh Mann, meine blutverschmierten Klamotten laden ja gerade dazu ein, an mir herumzuknabbern. Jetzt geht er wieder, ich werde noch wahnsinnig. Ich hab's – auf dem Regal direkt über den Schallplatten – da könnte ich raufklettern, da kommt die wandelnde Leiche nicht hin. Vom Geräusch her müsste er jetzt nahe am Funkgerät sein – das ist meine Chance. Vier große Schritte, Moment, ah, hier ist das Regal. Mann, gut, dass das angedübelt wurde, so fällt es nicht um, wenn ich mich daran hochziehe – ups – geschafft. Jetzt soll er mich mal beißen hier oben. Aha, er hat es gehört und kommt in meine Richtung. Soll er nur. Ich kann hier ruhig auf die anderen warten. Oh Mann, Froy, du Vollidiot, hast das Handfunkgerät im Jeep liegen lassen. Roliboy hat's mir extra noch in die Hand gedrückt, bevor ich losgefahren bin. Das war ja mal wieder eine Glanzleistung.

Mittlerweile hatten die Blackfin Boys über die Hälfte der Strecke zurückgelegt – viel schneller als gedacht.

„Eigentlich geht es doch ganz zügig voran. Die Sonne geht auch unter – wenn wir da sind, müsste es dunkel sein", spekulierte Toby zufrieden. „Zumindest glaube ich das."

„Ist doch völlig egal, ob es dunkel ist oder nicht. Kurz bevor wir da sind, lassen wir die Herde doch an uns vorbeiziehen – auf das Fabrikgelände laufen sie von alleine", meinte Roland. „Dann geht's sofort zu Froy und wir essen mit ihm was Leckeres. Ich habe schon wieder Hunger."

„Du magst ihn, nicht wahr, Roland? Ich meine, so richtig?!"

„Na klar – er passt zu mir. Es ist schon komisch – seit ich ihn kenne, diese zwei oder drei Tage, passe ich auf, dass mir nichts Schlimmes widerfährt. Ich achte darauf, wo ich hintrete, vermeide Kratzer und kleine Schnittwunden, sogar blaue Flecke. Denn wenn mir irgendetwas passieren würde, weiß ich, dass es Froy traurig machen würde – und das will ich nicht."

„Hast du schon mal daran gedacht, ihn zu fragen, ob er mit dir nach Berlin geht?"

„Klar habe ich das, aber Froy lebt hier in Peru, in diesem Bunker. Er hat diesen Lebensstil gewählt, weil er eben genau eines nicht haben will: das Leben in einer Großstadt wie Berlin. Ich kann mir aber auch nicht vorstellen, für eine längere

Zeit mit ihm in diesem Bunker zu leben. Mir ist also bewusst, dass es zu einem tränenreichen Abschied kommen wird. Wenn ich daran denke, könnte ich jetzt schon losheulen."

„Genieße das Hier und Jetzt, Roland!", sagte Julius, der seinen Freund ein wenig aufmuntern wollte. Mark schloss sich den positiven Worten lächelnd an: „Ja, genau, Julius hat recht. Denke lieber daran, dass ihr nachher noch mal so richtig Fun haben könnt – wenn du verstehst, Roland? Da könnt ihr es noch mal so richtig knattern lassen."

„Wir verstehen wohl alle, kleiner Mark. Du bist ganz schön verdorben für dein Alter."

„Musst du gerade sagen."

„Jetzt seid mal leise", ermahnte Toby. „Da vorne ist die Fabrik. Lasst uns hier mal stehenbleiben und das Gebäude abchecken."

Knapp einhundert Meter vor dem Eingang der Fabrik verschanzten sich die Jungs in einem Gebüsch und guckten durch ihre Ferngläser. Die Herde blieb komplett stehen. Sie hatten die Jungs längst als Leitzombies akzeptiert und gingen nicht einen Schritt weiter. Warum sie das taten oder welche Vorteile ihnen das bringen würde – das wussten sie nicht. Es war eher eine instinktive Gruppenreaktion.

„Zwei bewaffnete Wachen stehen vor dem Tor. Das gibt es ja nicht. Diese ganze Fabrik ist zusammengeschustert aus gebrauchten Wellblechteilen. Stabil ist was anderes, und mit Sicherheit hat das auch nichts tun. Total menschenfeindlich", meinte Toby. „Also ich sehe wirklich nur diese zwei Typen. Oder habe ich was übersehen?"

„Das ganze Ding ist ja so groß wie ein halbes Fußballfeld – und bestimmt zehn Meter hoch. Hätte nicht gedacht, dass das so ein riesiger Apparat ist. Soll ich die Wachen mit meinem Gewehr umlegen?", fragte Mark.

„Schaffst du das aus dieser Entfernung, Kleiner?"

„So was von – habe mich doch vorhin mit dem Gewehr ganz gut eingeschossen. Einziger Nachteil ist, dass die anderen durch die Schüsse wach werden."

„Ich glaube, wir sind mit meiner Harpune besser dran, die ist so gut wie geräuschlos. Aber dazu müssen wir näher ran, bestimmt auf zehn Meter, damit ich sie nicht verfehle."

Toby machte schnell entschlossen einen Vorschlag: „Wie wäre es damit: Wir nähern uns still und heimlich den Wachen, indem wir die Hauptstraße verlassen und durchs Grünzeug laufen. Vielleicht können wir sie irgendwie zu uns locken – dann schießt Roland."

Ein gemeinschaftliches Nicken war der Startschuss. Die Jungs führten die Herde quer durch den Regenwald. Was sie nicht bedachten, war das Trampelgeräusch, das eine fast sechzig Zombies umfassende Gruppe verursacht. Es raschelte und knackste ununterbrochen. Das führte unweigerlich dazu, dass die Wachen diesem merkwürdigen Geräusch in der Dunkelheit auf den Zahn fühlen wollten. Zum Vorteil der Jungs verließen die Bewaffneten ihre Posten und gingen ihnen langsam entgegen. Dabei sahen sie sich immer wieder ratlos an und zuckten mit ihren Schultern.

„Stopp jetzt, hinlegen!", flüsterte Toby.

„Meine Harpune ist schussbereit – ich habe einen Betäubungspfeil eingelegt. Ich nehme den linken. Toby: Sobald ich abgedrückt habe, wirfst du dein Messer auf den Rechten. Es darf keiner von beiden einen Warnschuss abgeben."

Julius machte auf ein kleines Problem aufmerksam: „Leute, die Herde geht einfach weiter, die werden uns noch auffliegen lassen!"

Dann ging alles ganz schnell. Roland hatte sein Ziel im Visier und drückte ab. Ein leises Zischen begleitet den Pfeil, der sich durch das Herz des Opfers bohrte. Nahezu zeitgleich warf Toby mit voller Kraft sein Tauchermesser auf sein Ziel und traf es am Hals. Beide fielen sofort lautlos um.

„Der Betäubungspfeil war jetzt auch sinnlos, Roland."

„Ja, merke ich auch gerade. Ich wollte ja gar nicht sein Herz treffen – na ja, egal jetzt. Übrigens, guter Wurf, Toby."

„Danke, mein Lieber. Seht mal, die Herde läuft nun von ganz allein zum Tor. Lasst uns schnell vorlaufen und es leise öffnen. Es soll ja ein Überraschungsangriff werden. Wenn die Untoten wie blöde vor einem verschlossenen Tor stehen, schlagen die bestimmt dagegen, dann werden die Leute in der Fabrik durch den Krach gewarnt."

„Na dann los, ich zieh nur noch schnell meinen Pfeil aus der Leiche. Kann man ja schließlich wiederverwenden, wegen Recycling und so. Trotzdem lade ich jetzt lieber einen Pfeil mit Sprengstoffspitze – habe irgendwie das Gefühl, das wäre sinnvoll", grinste Roland.

Toby tat das Gleiche, er zog sein Messer aus dem Hals der Wache. In diesem Moment, begann das Blut wie aus einem Wasserhahn zu sprudeln. Im Laufschritt pirschten die Jungs an der Herde vorbei. Um den Überraschungseffekt auf ihrer Seite zu haben, mussten sie in jedem Falle vor den Untoten am Tor sein. Das war kein großes Kunststück, denn die Herde nahm sich ausreichend Zeit, die Leichen der frisch erlegten Wachposten auseinanderzureißen und zu essen. Dadurch gewannen die Jungs kostbare Zeit. Dass das Tor nur ge- aber nicht verschlossen war, machte es umso einfacher. Leise öffnete Toby das labile Wellblechtor und flüsterte:

„Genau so habe ich mir das vorgestellt. Die Herde kommt langsam auf uns zu und marschiert an uns vorbei direkt auf den Innenhof. Der Rest müsste sich wie von selbst erledigen – jeder, der kein Zombiegift in sich hat, wird gejagt."

„Oder gefressen. Und was ist, wenn wir hinterher einen Haufen Zombies haben, die den gesamten Regenwald unsicher machen?", fragte Julius.

„Diese Untoten sind erstens so langsam, vor denen kann man gut weglaufen. Und zweitens – die sterben nach zwei Wochen wieder – hat Papa Tundee doch gesagt?!"

Plötzlich blieben die Zombies ungefähr zehn Meter vor dem Tor regungslos stehen. Ihre weit aufgerissenen Augen und ihre verzerrten Münder spiegelten ihre tiefsten Bedürfnisse wieder – ein paar Bissen lebendes Fleisch. Instinktiv richteten die Jungs ihre Waffen auf die Untoten.

„Was ist denn jetzt? Das ist ja total unheimlich. Wieso gehen die nicht weiter?", fragte Mark.

Roland brachte die ganze Sache auf den Punkt:

„Und warum fangen die auf einmal an zu schnaufen und zu grunzen – als ob sie kurz vor einem Angriff stehen? VERDAMMT! SIE GREIFEN AN!"

KAPITEL 11 – BLUT, GEDÄRM UND NAPALM

Die knapp sechzig wild gewordenen Zombies liefen los wie ein Haufen Marathonläufer nach dem Startschuss. Da sich die Jungs in höchstem Maße bedroht fühlten, feuerten sie ihre Waffen auf die Angreifer ab. Roland erzielte durch seinen Sprengkopfpfeil den größten Schaden. Die Explosion war so heftig, dass es fünf Zombies komplett zerfetzte. Einzelne Körperteile, Innereien, und viele Liter an Blut prasselten auf die Jungs ein. Keiner der Untoten krümmte den Blackfin Boys auch nur ein Haar – stattdessen sprinteten sie regelrecht an ihnen vorbei in den Innenhof der Fabrik, in dem sich bereits neugierige Arbeiter wegen des Lärms versammelten. Bevor sie überhaupt realisieren konnten, was passiert war, wurden sie in wenigen Sekunden von den Untoten mit ihren Zähnen in Stücke gerissen und verspeist. Aus der überschaubaren, ehemals langsamen Herde war nun eine unberechenbare Horde geworden. Die Jungs sahen dem Geschehen ratlos zu.

„Was ist hier gerade passiert?", schrie Toby fassungslos. „Es sollte doch kein Arbeiter zu Schaden kommen – nein, sie sollten vor Angst einfach nur das Weite suchen!"

„Die Zombies sind völlig außer Kontrolle! Sie werden alle Menschen töten und auffressen. Und wer weiß, ob die sich durch einfaches Anbeißen vermehren oder nicht", meinte Roland.

Julius hatte eine Idee, um wenigstens noch ein paar unschuldige Menschen zu retten: „Wir müssen sofort eingreifen und alle Zombies abknallen. Sonst wird ganz Peru in ein paar Tagen nur noch aus Zombies bestehen!"

„Was ist mit den Wachen, falls hier noch welche herumschleichen? Ich meine, sie halten ja die Arbeiter gegen ihren Willen fest", merkte Mark an.

„Wenn die Wachen uns angreifen: abschießen. Wenn nicht, dann nicht. Und jetzt: FEUER!"

Acht Zombies hielten sich noch im Innenhof auf und kauten auf verschiedenen Körperteilen herum. Ein Arbeiter, der eine Bisswunde davongetragen hatte, war gerade stöhnend dabei, sich in eines dieser Monster zu verwandeln. Mark machte dem mit einem gezielten Kopfschuss ein Ende. Die anderen Blackfin Boys ballerten, was ihre Waffen hergaben.

„Der Innenhof wäre gesäubert", meinte Roland. „Zu blöd nur, dass ich nicht so viele Pfeile mit Sprengsatz habe. Hätten wir gut gebrauchen können. Gut, dass wir zwei Maschinenpistolen von den Wilderern eingesteckt haben. Hier, Toby, nimm auch eine, mit deinem Messer kommst du nicht weit."

„Gute Idee, dann lasst uns jetzt ins Innere der Fabrik gehen. Dahin, wo die ganzen Schreie herkommen."

Mit durchgeladenen Waffen gingen die Jungs in eine Sektion, in der augenscheinlich große Fertigungsmaschinen untergebracht waren. Als sie die Halle betraten, wurden sie sofort von drei Untoten angegriffen. Die gemeinsame Feuerkraft der vier konnte aber verhindern, dass die Zombies näher als drei Meter an sie herankamen. Mark fiel dabei etwas auf:

„Das war es wohl mit unserem Elixier – die Wirkung ist weg – und wir sind Frischfleisch."

„Das riecht hier total toxisch. Muss das so sein, wenn man Turnschuhe herstellt? Und diese ganzen Maschinen – sie sehen alle so mächtig und monströs aus", staunte Julius.

„Man kann gar nicht erkennen, welche Maschine was macht oder herstellt. Verrückt, das alles. Hey, was sind das für Schreie? Kommen die vom Innenhof? Ich sehe mal schnell nach, wartet hier."

„Und, Roland? Siehst du was?"

„Ja, ein Haufen Arbeiter flüchtet durchs Tor, wird aber nicht verfolgt. Ist doch gut, wieder ein paar Menschen in Sicherheit."

Die vier gingen weiter, sie stießen auf eine verrostete Treppe, die in ein unbeleuchtetes Untergeschoss führte. Dank Mark konnten die Jungs zwei Taschenlampen nutzen, die der frischgebackene Waffenfan in weiser Voraussicht in den Rucksack gepackt hatte. Da war etwas, was ihn nervte.

„Das Scharfschützengewehr ist ja ganz nett, aber für den Nahkampf taugt es überhaupt nichts. Ich brauche eine Waffe, die wendiger ist."

„Hättest du das noch vor ein paar Tagen gesagt – ich hätte dich für verrückt erklärt. Aber gut, dann nimm meine Maschinenpistole. Ich habe gerade was Besseres gefunden."

Dieser Satz zog die ganze Aufmerksamkeit der Jungs auf sich. Im Licht der Taschenlampen beobachteten sie Roland, wie er eine neuwertige Kettensäge aus einem Werkzeugregal nahm und sich wie ein kleines Kind darüber freute.

„Sehr gut – sie riecht nach Benzin, also wird sie wohl funktionieren."

„Aha, jetzt ist es also schon eine *sie* – sind in dem Regal noch Taschenlampen? Zwei könnten wir noch gebrauchen."

„Hast recht, Julius, auf diesem unbekannten Gelände sind wir leichte Beute – und die einzigen Lichtquellen sind unsere kleinen Funzeln – das gefällt mir überhaupt nicht. Und, was ist? Da liegt doch so viel Kram rum – da muss doch irgendwas dabei sein, was Licht macht?! Mann, ist das unheimlich hier unten. Was ist das hier überhaupt?", fragte Mark.

„Sieht aus, als wären wir in einer Art Lagerraum. Da hinten stehen ein paar Dutzend Fässer. Was da wohl drin ist? Ich glaube, hier ist nichts. Was meint ihr – gehen wir wieder nach oben?", wollte Toby wissen.

Schlagartig wurden die Jungs von zwei Zombies angegriffen, die sich hinter den Fässern versteckt hatten. Durch den Schreck fielen die einzigen beiden Taschenlampen auf den Boden, worauf eine zu Bruch ging.

„FEUERT, WAS DAS ZEUG HÄLT!", schrie Julius.

In der Hektik gaben Julius und Mark mehrfach Schüsse ab. In der Dunkelheit konnten sie nicht sehen, dass sie beide auf ein und denselben schossen. Es gelang ihnen binnen Sekunden, den Angreifer durch mehrere Kopfschüsse sofort niederzustrecken. Der andere Zombie aber riss Toby zu Boden und beugte sich über ihn. Blitzschnell startete Roland seine Motorsäge und setzte die rotierende Kette am Genick des Untoten an. Tobys Gesicht wurde von mehreren Litern Blut überschwemmt, die aus der Schnittstelle flossen. Ein paar Hautlappen, die Roland nicht durchtrennte, verhinderten, dass sich der Kopf gänzlich vom Rumpf löste. Während dieser Prozedur stieß er einen wahnsinnig lauten Kampfschrei aus. Dann trat Roland dem Zombie kräftig in die Rippen, sodass er zur Seite und somit von Toby wegfiel, worauf sich dieser kräftig übergab.

„Alter Schwede, ist das ein ekelhafter Scheißdreck. Mit ist völlig übel. Sind alle in Ordnung? Mehr oder weniger?"

„Ich denke, wir sind gut mit der Situation klargekommen", meinte Julius. „Oh, guckt mal – hier im Regal liegt eine Taschenlampe – und sie funtioniert. Jetzt haben wir wieder zwei. Ich seh mal kurz nach, ob sich hinter den Fässern nicht noch etwas Unangenehmes versteckt."

Während Julius mit seiner schussbereiten Sig Sauer die Gegend sicherte, leisteten Roland und Mark dem zitternden Toby Beistand. Der unerwartete Angriff hatte ihm psychisch schwer zugesetzt.

„Oh Mann, Leute, seht mal – meine Hände zittern total.

Ich verstehe gar nicht, warum mich das so mitnimmt. Wir haben doch schon so viel Scheiße zusammen durchgemacht?!"

Roland nahm Toby in den Arm und drückte ihn kräftig.

„Pass mal auf, Toby, das ist einer von diesen schwachen Momenten. Es ist nicht der Zombie, der dich komplett aus der Fassung gebracht hat, es ist etwas, was schon seit längerem Tief in dir brodelt. Etwas Trauriges, das an dir nagt und zerrt – der Angriff gerade kam noch als negatives Ereignis dazu – da ist das Fass eben übergelaufen. Emotionen müssen raus."

Toby klammerte sich stärker an Roland und brach in Tränen aus.

„Ist gut, mein Alter, lass es einfach raus, danach wird es dir besser gehen."

Roland überrascht mich immer wieder, dachte Mark. *Er kann so einfühlsam und herzlich sein. Süß, wie er den armen Toby im Arm hält und behutsam seinen Hinterkopf streichelt. Komisch, ich kann regelrecht spüren, wie mein Herz warm wird und sich langsam ein Kloß in meinem Hals bildet.*

Nun brach Mark auch in Tränen aus und hockte sich zu seinen Freunden in die unübersehbare Blutlache, um auch Teil der großen Herzlichkeit zu werden. Er umarmte die beiden und lehnte seinen Kopf an Rolands breite Brust. Der gab dem Neuankömmling einen kleinen Kuss ins Genick, mit dem Kommentar: „Oha, jetzt kommt der Nächste."

Julius kam von seinem Rundgang zurück und war leicht verwundert, als er seine Freunde knuddelnd und blutverschmiert am Boden sah.

„Was ist denn passiert? Ich war doch nur zwei Minuten weg – wenn überhaupt?! Na ja, egal – ratet mal, was in den Fässern ist!"

Da keiner auch nur annähernd auf ein Ratespiel Lust hatte, löste Julius das Rätsel selbst: „In all den Fässern ist Napalm! Das ist doch der Hammer! Die stellen hier eine illegale

und absolut teuflische und menschenverachtende Brandwaffe her."

„Napalm? Habe ich zwar schon mal gehört – aber was
macht es genau?", fragte Mark unter Tränen.

„Jetzt hört doch bitte mal auf mit der Heulerei, das nimmt
einen irgendwie mit", sagte Julius mit gedämpfter Stimme
und gesenktem Kopf.

„Julius hat recht. Los, Jungs, aufstehen. Lasst uns die Fässer mal genau ansehen. Na los, hopp hopp!", trieb Roland an
und erklärte die Eigenschaften von Napalm: „Das ist eine
Brandwaffe, die zum Großteil aus Benzin und Petroleum besteht. Das mischt man mit einem Verdickungsmittel wie
zum Beispiel einer Aluminiumseife. Dann entsteht eine
transparente, extrem zähflüssige Masse, die höchst brennbar
ist und bis zu 1200 Grad Celsius erreichen kann. Hast du
diese brennende Masse auf deiner Haut, kriegst du sie nicht
mehr ab. Kein Wasser, kein Feuerlöscher, kein gar nichts
kann diese Masse davon abhalten, zu brennen. Bedeutet: Es
brennt sich durch deinen Körper hindurch, bis nichts mehr
da ist zum Brennen – und selbst dann brennt Napalm immer
noch. Im Vietnam-Krieg warfen Flugzeuge Napalmbomben
auf ganze Dörfer. Diese zähflüssige Masse ließ sich gut über
weite Flächen verteilen. Einfach ausradiert, alles und jeder.
Im Jahr 1980 wurde es dann schließlich weltweit verboten.
Die USA gingen mit gutem Beispiel voran und vernichteten
ihre Bestände komplett. Einige verrückte Diktatoren haben
es später in vielen Fällen dennoch benutzt."

Julius öffnete eines der Fässer und roch an dem Inhalt:
„Eindeutig Napalm. Ich kenne den Geruch genau, denn
Blake hat damit mal experimentiert, aber nur kurz, zum
Glück."

„Liebe Leidensgenossen, ich habe einen Plan", gab Toby
begeistert von sich. „Gehen wir mal davon aus, dass sich alle
Arbeiter längst aus dem Staub gemacht haben. Also lungern
hier nur noch diese Untoten herum, okay? Wenn wir diese

ganzen Fässer entzünden könnten, hätte sich nicht nur die Fabrik, sondern auch das Zombieproblem erledigt."

„Und *wir* hätten uns auch erledigt", so Mark. „Wir bräuchten so eine Art Zeitzünder."

„Oder aber ...", fuhr Julius fort, „Wir bauen mit dem Napalm, das ja eine zähflüssige Konsistenz hat, eine Art Zündschnur. Wir legen einen klebrigen Film bis zum Ausgang – zünden den an und verschwinden – und dann BOOOM! *Apocalypse Now* – oder wie Robert Duvall sagen würde: *Ich liebe den Geruch von Napalm am Morgen.*"

Roland überlegte laut: „Woher kennst *du* Robert Duvall – geschweige denn *Apocalypse Now*?"

„Haben wir vielleicht bei uns in Berlin gesehen? Haste wohl schon vergessen, was? Du meintest noch, dass man das auch alles in neunzig statt in einhundertfünfzig Minuten hätte zeigen können."

„Hört jetzt auf mit diesem Mist, das könnt ihr beim Kreuzpinkeln diskutieren, Julius' Idee ist fantastisch. Kann man das Zeug einfach so mit den Händen anfassen?"

Roland unterbrach Tobys energisches Vorgehen: „Stopp mal kurz – wenn sich noch unschuldige Arbeiter auf dem Gelände befinden, werden auch diese sterben."

„Schon richtig", sagte Mark. „Aber wenn wir den ganzen Kasten mit allem was hier keucht und fleucht zerstören, verhindern wir auf jeden Fall, dass die Zombies wie eine wilde Horde durchs Land ziehen und alles totmachen, was sich ihnen in den Weg stellt. In diesem Fall bin ich mit Mr. Spock einer Meinung: *Das Wohl von Vielen, es wiegt schwerer als das Wohl von Wenigen oder eines Einzelnen.* Von daher sage ich, lasst uns die Fabrik in die Luft jagen – jetzt und sofort!"

Julius suchte in dem Regal, in dem Roland seine Kettensäge gefunden hatte, nach ein paar Handschuhen. Er wollte das Napalm nur ungern mit bloßen Händen anfassen. Ihm war äußerst bewusst, dass schon ein paar Gramm brennendes Napalm ein Loch in seine Handfläche fressen würden.

Die paar ruhigen Minuten nutzte Toby aus, um seine Gedanken loszuwerden:

„Sorry, dass ich das so sage, Mark, aber so wie du eben geschossen hast – und auch jetzt, diese Art, wie du die Maschinenpistole hältst – dazu noch das Scharfschützengewehr, das du lässig auf dem Rücken trägst ...“

„Was ist denn, Toby? Komm doch mal zum Punkt!“

„Das ist einfach völlig gegensätzlich zu dem Mark, den ich sonst kenne.“

„Es ist besser, als Krieger in einem Garten zu sein, als ein Gärtner im Krieg.“

„Na wunderbar, wenn man lange genug sucht ... Sie sehen zwar vergammelt aus, sollten aber reichen, um meine Hände zu schützen. Leute, glotzt nicht mich an, sondern seht euch um und haltet nach eventuellen Gefahrenquellen Ausschau, okay?“

„Sorry, Juls, das sieht so professionell aus, wie du mit diesen großen Handschuhen arbeitest“, grinste Roland.

„Spinner!“

Julius hob einen großen Batzen der zähflüssigen Masse vorsichtig aus einem der Fässer und formte damit einen ungefähr zwei Zentimeter breiten Streifen. Sein Vorgehen dokumentierte er laut: „Ich forme nun eine Art Spirale mit dem Napalm – dessen Ende die Plastikfässer berührt. Es ist wie ein Zeitzünder. Die Napalmspirale wird in der Mitte angezündet, dann brennt sie kreisförmig nach außen ab, das verschafft uns mehr Zeit, um aus der Gefahrenzone herauszulaufen. Ich habe nämlich keine Ahnung, wie schnell unsere schleimige Lunte abbrennen wird. Lassen wir uns überraschen.“

Toby stellte eine Veränderung fest:

„Hört ihr das auch? Es gibt nichts zu hören – keine Schreie mehr, kein Gepolter, gar nichts. Ich hoffe, das ist ein Zeichen dafür, dass alle Menschen geflohen sind.“

„So Freunde, die Lunte ist fertig. Hat jemand ein Feuerzeug?"

„Wie willst du sie anzünden?", fragte Roland. „Du meintest vorhin, du zündest den Kram in der Mitte an, die Spirale hat aber einen so großen Umfang, dass du da gar nicht hinkommst – wir brauchen einen langen Stock, den wir an der Spitze anzünden und als Streichholz benutzen oder so."

„Oh Mann, Roland, daran habe ich gar nicht gedacht. DA! Ein Besen – wir nehmen den Stil als Anzündhilfe."

Kurzerhand brach Roland den Stil vom Besen ab. Julius schmierte das Ende des Holzstabs mit dem Napalm ein, das noch an seinen Handschuhen klebte. Diese zog er dann aus und zündete die Spitze mit Marks Zippo-Feuerzeug an.

„Sobald die Lunte brennt, laufen wir so schnell wie wir können zum Ausgangstor. Ich halte unser selbstgemachtes Riesenstreichholz jetzt in die Mitte der Spirale ... BRENNT! LOS, RAUS HIER!"

Die Zündschnur in Form einer Spirale aus Napalm fing Feuer und brannte schneller als erwartet ab. Die vier waren überzeugt: Viel Zeit würde ihnen bis zum großen *Boom* nicht bleiben. Als sie völlig außer Atem vor dem Tor der Fabrik stoppten, drehten sie sich um und starrten erwartungsvoll auf die Fabrik.

„Das explodiert ja gar nicht", meinte Roland enttäuscht.

Plötzlich strömten gewaltige Flammen aus dem Gebäude, in dem die Napalmfässer lagerten. Das Feuer brannte für ein paar Sekunden so hell, als hätte man zehn Millionen Streichhölzer auf einmal angezündet.

„Wahnsinn! Sieht aus, als würden zehn oder zwanzig Typen Flammenwerfer aus den Fenstern halten!", staunte Roland. „Genau so habe ich mir das vorgestellt. Gut gemacht, Juls."

„Danke dir – so wie die Flammen reagieren, muss da auf jeden Fall noch Magnesium mit drin sein, deswegen auch der Streichholzeffekt."

„Seht mal da hinten! Brennende Zombies laufen aus dem

Gebäude!", rief Mark. „Drei Stück sehe ich."

„Stück ist gut, Kleiner. Die werden wohl nicht weit kommen – ah, siehst du, sie liegen schon regungslos am Boden. Hier lebt nun garantiert nichts mehr. Wir Menschen sind nun mal gut im Töten – das kann man wohl nicht bestreiten. Oha, jetzt fängt es an zu regnen."

„Das Feuer ist so gewaltig, das lässt sich nicht von so ein paar Regentropfen einschüchtern. Ich würde sagen, Mission erfüllt", meinte Toby stolz.

„Denn unser Zusammenhalt macht uns gefährlich!", schrie Mark laut und hob dabei seine Faust in die Luft. „Kommt schon, lasst mich nicht hängen – wer sind wir?"

„Die Blackfin Boys", gaben Toby, Roland und Julius eher lustlos von sich – als wäre es ihnen unangenehm.

„Echt jetzt? Ich kann euch Memmen nicht hören! Wer sind wir?"

„DIE BLACKFIN BOYS!"

„So!", grinste Mark.

Roland konnte seine Ungeduld nicht länger verbergen:

„Ich will jetzt sofort ins Lager der Wilderer, dort schnappen wir uns ein Fahrzeug und dann in Lichtgeschwindigkeit zu Froy. Das Ganze bitte jetzt! Der Regen wird immer heftiger, ich will nicht im Matsch versinken."

Natürlich brachte jeder sofort uneingeschränktes Verständnis auf und so rannten sie gemeinsam im Dauerlauf durch den prasselnden Regen. Die großen schweren Tropfen sorgten dafür, dass das getrocknete Zombieblut auf der Haut der Jungs vollständig abgewaschen wurde. Der Mond brachte ein wenig Licht in die stockfinstere Nacht. Im Lager der Wilderer sprangen sie sofort in deren Fahrzeug. Roland startete den Motor – dabei fiel ihm etwas auf: „Toby, sag mal, diese Kratzer an deiner Schulter – woher hast du die?"

Diese Frage führte dazu, dass die Jungs von einer auf die andere Sekunde so leise atmeten, wie es nur möglich war – um Tobys Antwort genau verstehen zu können. Mit weit aufgerissenen Augen starrten sie ihn an. Doch Toby reagierte zögerlich und brachte kein einziges Wort heraus. Seinem Gesichtsausdruck nach war die Antwort: *Der Zombie, der mich zu Boden geworfen hat, hat mich gekratzt.*

Roland legte den ersten Gang ein und fuhr den Wagen ruckartig an. Er gab Instruktionen, an die sich besser jeder halten sollte – das konnte man unmissverständlich seiner aufgebrachten Stimmlage entnehmen: „Mark, du gehst mit Toby sofort zu Tundee. Ich setze euch vor dem großen Felsen ab, dann müsst ihr nur noch die Seilbahn benutzen. Julius und ich fahren zu Froy. Ich habe ein ganz mieses Gefühl im Magen."

Auf der Fahrt zum Felsen sagte keiner auch nur ein Wort. Jeder hatte seine eigenen Gedanken, ganz besonders aber Toby: *War's das jetzt? Bin ich durch die Kratzer infiziert und werde auch zum Zombie? Oder vielleicht habe ich Glück? Und falls nicht, wie lange bleibe ich noch Mensch? Ich spüre nicht mal Schmerzen, dafür ist mir extrem schwindelig und ich habe starke Kopfschmerzen. Was ist, wenn ich mich jetzt verwandele und meine Freunde angreife?*

Dank Rolands rücksichtsloser Fahrweise waren sie nach nicht mal zwanzig Minuten bereits am Ziel.

„Und jetzt raus mit euch – schneller! Nehmt eure Waffen mit und ein Funkgerät – bis später."

Roland peitschte den Wagen bis zum Gehtnichtmehr – ständig heulte der Motor auf und die Reifen drehten durch. Beides zusammen hörte sich an, als würde man einen Delphin pfählen.

„Geht es dir gut, Toby?"

„Bisher habe ich nur Kopfschmerzen und ein Schwindelgefühl."

„Dann lass uns keine Zeit verlieren, wir müssen immerhin noch durch den Hohlfelsen, bevor wir zur Seilbahn kommen. Wenn es nicht mehr geht, sag Bescheid, aber auch wirklich! Stillschweigend aushalten ist hier nicht – verstanden?"

„Verstanden, Mark."

„Meinst du, Toby schafft es?", fragte Julius vorsichtig.

„Klar schafft er es. Was haben wir nicht schon alles für Scheiße hinter uns. Da sind so ein paar Kratzer wohl nicht lebensbedrohlich. Ich mache mir mehr Sorgen um Froy, er hat sich nicht ein einziges Mal über Funk gemeldet. Als du vorhin mit dem Napalm beschäftigt warst, habe ich versucht, ihn anzufunken – aber keine Antwort erhalten. Da muss was passiert sein."

„Vielleicht hat er sich einfach hingelegt. Mark hat doch gesagt, dass die Schmerzmittel sehr stark sind."

„Das wäre eine Erklärung, Juls. Weißt du noch, was ich mal in Berlin erzählt habe, als wir uns so richtig schön besoffen haben?"

„Dass Drogen scheiße und uncool sind, weil sie einen töten können?"

„Ja, das auch. Aber ich meinte etwas anderes. Manchmal läuft im Leben alles so richtig schief. Eine Katastrophe jagt die nächste. Man hat das Gefühl, es würde niemals mehr besser werden. Es ist gut, das Schlimmste anzunehmen. Dadurch verletzt es einen weniger, weil man schon damit gerechnet hat."

„Heißt in unserem Fall – wir verlieren heute Toby und Froy."

„Ich schließe die Konstellation nicht aus."

Bei Toby und Mark verlief alles ohne große Probleme. Die Kabine, von der aus das Drahtseil über die Schlucht führte, fanden sie so vor, wie sie diese verlassen hatten. Die Überfahrt absolvierten sie schnell und sicher, im Gegensatz zu ihrer ersten Fahrt.

„Du, Mark, ich fühle mich voll schlapp. Kann ich meinen Arm um dich legen? Dann fühle ich mich sicherer."

„Na klar, Toby. In ein paar Minuten sind wir ja schon im Dorf. Kannst dich ruhig an mir festhalten."

Mist, hoffentlich hält er durch. Er sieht gar nicht gut aus.

Außerdem läuft ihm Schweiß von der Stirn. Und blass ist er auch. Wir müssen schneller werden.

„Warte mal kurz, stehenbleiben. Ich nehm dich Huckepack, leg deine Arme um meinen Oberkörper, jetzt wird's wackelig."

Mark transportierte Toby auf seinem Rücken und lief im Dauerlauf ins Dorf der Zorgogos. Papa Tundee kam den beiden schon entgegen. Längst hatte ihm ein Spähtrupp berichtet, dass jemand die Seilbahn benutzte.

„Papa Tundee!", schrie Mark. „Toby ist infiziert!"

„Kommt in mein Zelt, ich sehe ihn mir an."

Völlig entkräftet ließ Mark Toby vorsichtig auf die Pritsche gleiten, auf der auch er zuvor gelegen hatte, als er in der Zwischenwelt unterwegs gewesen war. Nur Sekunden später verlor Toby das Bewusstsein.

„Ein Zombie hat ihn gekratzt. Wird er sich jetzt in einen Untoten verwandeln?"

„Aber nein, dazu hätte der Zombie schon richtig zubeißen müssen. Die Kratzer an seiner Schulter sind gar nichts. Vergleichbar mit dem abgeschwächten Zombiegift, das ich für euch braute. Hier liegt mir eher totale Erschöpfung vor. Das kriegen wir wieder hin."

Oh Mann, dachte Mark. *Ich bin so erleichtert, ich könnte Toby glatt abknutschen. Der hat mir aber auch eine scheiß Angst gemacht, dieser Vollpfosten. Eines will ich aber noch wissen.*

„Sag' mal, Papa Tundee, wie kann es sein, dass die Zombies von Null auf Hundert völlig verrückt werden und komplett ausrasten?"

„Das kommt eigentlich nur vor, wenn eine Zutat des Zombiegifts am Tag der Zubereitung schlechtes Karma hatte. Gab es Probleme?"

„Neiiiin, überhaupt nicht! Nur ein bisschen schlechtes Karma, aber sonst war alles ganz normal." *Du schaffst mich echt, Tundee. Wir gehen fast drauf und du hast die Ruhe weg.*

KAPITEL 12 – EIN ZOMBIE HING AM GLOCKENSEIL

„Was ist denn hier los? Wieso ist Stiles im Jeep eingeschlossen?", ärgerte sich Roland.

„Ich kümmere mich um Stiles, sieh du nach Froy – aber halte deine Waffe bereit!", empfahl Julius.

Nachdem Julius Stiles in die Freiheit entließ, verrichtete der glückliche Hund erst einmal seine Notdurft am erstbesten Busch. Roland drehte hektisch an dem Rad, um die Luke zu öffnen.

„Verdammt da klemmt was, irgendein Widerstand. Hilf mir mal, Juls."

Mit vereinten Kräften gelang es den beiden, das Rad zu drehen und die Luke zu öffnen. Was die beiden nicht bemerkten, war, dass durch das Öffnen die Stromzufuhr sofort reaktiviert wurde – die Lichtquellen strahlten wieder und die automatischen Türen öffneten sich.

„Froy? Bist du da unten?"

„Roliboy? Warte! Auf keinen Fall runterkommen!"

„Was? Ich verstehe kein Wort! Ich komme jetzt mit Julius runter."

Das darf doch nicht wahr sein, dachte Froy. *Aber gut, solange der Zombie auf mich fixiert ist und immer noch wartet, bis ich vom Regal heruntersteige, sind die Jungs wohl außer Gefahr.*

Als Roland und Julius das Wohnzimmer betraten, grinsten sie eher, statt in Panik auszubrechen. Sie hatten schon zu viele Untote erledigt, als das dieser eine Vogel eine Bedrohung darstellen könnte.

„Echt jetzt? Ihr steht da und findet das komisch?", pöbelte Froy.

„Du willst mir doch nicht untreu werden? Dein neuer Freund scheint jedenfalls ganz begeistert von dir zu sein. Wie lange liegst du da oben schon?"

„Ein paar Stunden. Und so lange kratzt dieser hirntote Vollidiot schon am Regal, als ob mich das zum Herunterkommen animieren sollte."

„Komisch, der nimmt gar keine Notiz von uns", so Julius. „Als ob wir nicht da wären. Ich habe da eine Idee, wie wir unseren ungebetenen Gast loswerden."

Julius ging langsam zum anderen Ende des Regals. Im untersten Fach lag eine Art Tau, das locker 25 Meter lang war. Er nahm das Tau an sich und ging Richtung Ausgang.

„Was hast du mit dem Tau vor, Juls?"

„Das ist kein Tau", unterbrach Froy. „Das ist ein Glockenseil, es stammt aus einer alten Kirche, die abgerissen wurde. Aber mich interessiert auch, was du damit vorhast."

„Ich gehe mit dem einen Ende zum Jeep und befestige es an der Anhängerkupplung."

„Weiß er, was er tut, Roli?"

„Keine Panik, Froyboy, ich habe schon eine Vorstellung von dem, was er vorhat. Solange der Zombie bei dir am Regal lauert, besteht doch keine Gefahr, von daher bin ich erst mal entspannt. Aber da ist noch was anderes – hast du vielleicht Lust, mir zu erklären, wie du in diese doch sehr komische Lage gekommen bist?"

„Jetzt würde ich dir liebend gern eine scheuern, mein lieber Roland."

„Dann reden wir eben später darüber, mein lieber Froy."

Julius brauchte nicht lange und kam gut gelaunt ins

Wohnzimmer zurück. Hinter sich rollte er das Tau ab. Dann kommentierte er sein Vorhaben:

„So, Freunde der Nachtmusik. Stiles geht's gut, der streunt ein wenig in der Gegend rum. Nun zu unserem übel riechenden Freund. Das Ende des Seils ist nun am Jeep befestigt – und aus diesem Ende hier knote ich nun eine Schlinge. Die werden wir unserem Freund um den Hals legen. Roland, wärst du so nett und setzt dich mit dem Funkgerät in den Jeep und startest den Motor? Wenn ich sage *los*, kannst du mindestens dreißig Meter die Straße entlang fahren. Ich bleibe hier, weil ich wissen will, wie es aussieht. Ich sage dazu nur: *Ein Zombie hing am Glockenseil.*"

„Du bist doch so ein kranker Hund, Juls. Dafür liebe ich dich, also nicht sexuell oder so, aber ..."

„Ich habe schon verstanden! Hau jetzt ab!"

Froy schaute mit besorgter Mine Roland hinterher, der den Bunker verließ. „Dann wird es wohl gleich eine Mega-Sauerei geben. Ihr werdet mir beim Aufwischen helfen."

„Na klar, Froy. So, jetzt schleiche ich mich von hinten an den Kerl ran ... und zack – Schlinge sitzt. Roland? Bist du bereit?"

„Yep!"

„Dann VOLLGAS!"

Das Tau geriet in Spannung und zog den Zombie mit einem gewaltigen Ruck gegen den Türrahmen und weiter über den Flur. Sein Kopf blieb an den Sprossen der eisernen Leiter hängen. Die enorme Kraft des Jeeps sorgte dafür, dass sich die Schlinge durch das bereits verweste Genick fräste. Zombie und Kopf lagen nun wie eine verprügelte leblose Puppe vor der Leiter. Roland merkte beim Fahren, dass der Widerstand ausblieb, stellte den Motor ab und lief zurück zum Bunker. Neugierig blickte er von oben durch die Luke.

„Hat wohl nicht so geklappt, wie du es dir vorgestellt hast, Juls. Hol schon mal einen Eimer Wasser und einen Mob."

Froy flitzte an Julius vorbei, die Leiter hoch und lief in die

Arme von Roland.

„Ich muss hier raus! Die letzten Stunden waren die Hölle, Roli. Wenn ihr nun gar nicht gekommen wärt – nicht auszumalen."

„Ich würde mich doch nicht so einfach verpissen. Komm, wir gehen mal ein paar Schritte. Dann erzähle ich dir, was passiert ist."

Julius schaute die beiden fragend an. „Hallo? Geht ihr weg?!"

„Nur ein paar Minuten, Juls – kannst schon mal die Scheiße da unten wegwischen!", empfahl Roland. „So, der hat erst mal zu tun. Also, wie bist du in diese Lage gekommen?"

„Das hängt mit dem Sicherheitssystem zusammen. In der Luke ist ein Mechanismus – wenn du von außen zudrehst, fährt der Strom – außer vom Kühlschrank – komplett herunter. Dazu schließen automatisch alle Türen."

„Ja gut, das verstehe ich, aber als das passierte, warst du doch im Bunker, oder nicht?"

„Ja, das stimmt. Es geht ja noch weiter. Dieser Mechanismus in der Luke ist drahtlos mit dem Hauptsystem verbunden und wird von einer Batterie angetrieben. Wenn die leer ist, wird dieser bestimmte Parameter ausgeführt. So wie ein Feuermelder, der losgeht, wenn sich die Batterien dem Ende zuneigen. Eigentlich weiß ich das auch, aber die letzten zwei Jahre ging alles gut – und danach habe ich nicht mehr daran gedacht. Das mit dem Sicherheitssystem ist eben eine zweischneidige Medaille."

„Schwert, Froy – Schwert!"

„Was?"

Wie schon zu erwarten gewesen war, machte Papa Tundee aus der Heilung von Toby eine spektakuläre Zeremonie mit viel Rauch, Beschwörungen und einem übel riechenden Kräuterverband. Dieses Mal durfte jeder seine Klamotten anbehalten. Toby kam langsam wieder zu sich und Tundee verließ mit seinem Gefolge das Zelt.

„Oh Mann, mir dröhnt der Schädel.“

„Ich bin so froh, dass du wieder okay bist, Toby.“

„Toby? Wer ist Toby?“

Das kann doch nicht sein, dachte Mark. *Hat er jetzt wirklich sein Gedächtnis ...*

„Haha! Verarscht!“, grinste Toby und kringelte sich vor Lachen auf seiner Pritsche. „Du solltest dein Gesicht sehen, Mark!“

„Deine Witze waren auch schon mal besser. Lass uns jetzt zurück in den Bunker.“

„Na komm schon, Marky – sei nicht sauer. Kannst auch gern ein paar Fotos von mir machen.“

„Geht leider nicht, ich habe den Blitz im Bunker vergessen, und ohne ist es unmöglich, auch wenn der Mond echt hell scheint.“

„Also gut, dann bedanken wir uns noch bei Tundee und sagen ihm, dass es nun keine Wilderer und keine Fabrik mehr gibt. Damit dürfte es den Dorfbewohnern endlich besser gehen.“

Als die Sonne in den frühen Morgenstunden langsam ihre orangenen Strahlen schickte, trafen Toby und Mark am Bunker ein. Die Luke stand weit offen und ein wohliger Geruch strömte den beiden entgegen.

„Da brät doch jemand Frikadellen?!“

„Der Geruch ist mir auf jeden Fall bestens bekannt, Toby. Und diese laute Musik – ist das nicht Fancy mit *We Can Move A Mountain*?

„Stimmt, Mark, los, schnell runter! Die sind bestimmt schon am Fressen und feiern ohne uns voll die Party!“

Mark hatte mit seiner Vermutung recht. Froy stand mit weißer Schürze in der Küche am Ofen und wendete gut gelaunt die saftigen Buletten in der brutzelnden Pfanne. Stiles saß brav neben ihm und behielt das braune Gold genauestens im Auge – für den Fall, dass eventuell eine Frikadelle herunterfiel.

„Hey Toby, Mark – schön, dass ihr wieder da seid. Da hat Papa Tundee mal wieder gute Arbeit geleistet. War ja auch nicht anders zu erwarten. Hatte ich das neulich nicht schon mal gesagt? Egal, geht ins Wohnzimmer, die anderen sind schon am Essen."

Als die beiden Froys Rat befolgten und das Wohnzimmer betraten, bot sich ihnen ein Bild der Freude. Roland und Julius sangen bei Fancys Schlachtruf lautstark mit und stießen gerade mit ihren Schnapsgläsern Richtung Toby und Mark an.

„We can move a mountain, We can touch the sky, We can make a difference – If we really try."

Dann riefen sie laut: „Prost, ihr Säcke!", kippten den klaren Schnaps auf Ex weg und begrüßten ihre Freunde, bedingt durch den vorangegangenen Alkoholkonsum, mit innigen Umarmungen.

„Ich habe euch alle so was von lieb!", schrie Roland.

„Bist ganz schön voll, mein Großer", meinte Toby. „Mark und ich haben einen Sau-Hunger, serviert uns doch mal ein paar Frikadellen mit Ketchup – und dazu bitte zwei Wodka."

„Gute Idee, Toby!", grinste Mark. „Für mich bitte auch zwei Wodka – wir müssen ja schließlich den Rückstand aufholen."

Froy servierte nun seine frisch gebratenen Buletten mit dem Hinweis, dass das jetzt die letzte Fuhre sei. Toby lüftete so ganz nebenbei ein kleines Geheimnis, das aber aufgrund der Feierlaune so gut wie niemanden interessierte:

„Ach, übrigens, ich habe Papa Tundee gefragt, warum die Zombies auf einmal so schnell gelaufen sind. Ich meine, die hätten uns fast umgenietet, wir hätten draufgehen können!"

„Dauert zu lang, Alter, ich will feiern!", trieb Roland voran. „Warum sind sie denn nun schneller gelaufen?"

„Na ja, Tundee meinte, einige der Zutaten des Zombiegifts hätten schlechtes Karma gehabt. Da könne so was schon mal passieren."

„Ist doch egal! Wir leben noch! Hoch die Tassen, ihr Penner!"

Die nächsten Stunden wurde im höchsten Maße Völlerei betrieben. Alles Schlechte und Miese, was sie in den letzten Tagen gesehen und erlebt hatten, verlor in diesem Moment an Bedeutung. Es zählte das Hier und Jetzt – vor allem aber der unnachgiebige Zusammenhalt der Freunde. Keiner von ihnen sollte jemals wieder auf sich alleine gestellt sein – ihre Freundschaft sollte bis ans Lebensende halten.

KAPITEL 13 – ABSCHIED IST EIN BISSCHEN WIE STERBEN

Die nächsten Tage verliefen wie ein richtiger Urlaub. Zusammen fuhren sie mit dem Jeep durch die Gegend und ließen sich von Froy sehenswerte Flecken des Landes zeigen. Bevorzugt suchten sie abgelegte Seen und Flüsse auf, da alle Beteiligten, inklusive Hund, begeisterte Wasserratten waren. Sie tobten und verausgabten sich bis zur völligen Erschöpfung, tauchten sich gegenseitig unter und veranstalteten immer wieder Wasserkämpfe.

Anschließend fielen sie wie nasse Säcke auf ihre Handtücher und pennten eine gute Stunde, in der die pralle Sonne ihre Haut trocknete. Das ging die ganzen drei Wochen so. Keiner hätte etwas dagegen gehabt, diese Zeit zu mehreren Jahren auszudehnen. Aber die Pflicht rief immer lauter, so laut, dass man sie nicht mehr überhören konnte. Toby musste sich wieder um seine Firma kümmern, Mark ging noch zur Schule und war außerdem nachmittags Verpflichtungen in der Firma seines Vaters eingegangen. Für Roland stand die Arbeit als Physiotherapeut an und Julius musste sich um einen Schulabschluss kümmern. Dann kam der Tag, an dem Roland und Froy mit dicken Tränen in den Augen aufwachten und sich für zwei Stunden im Bett fest aneinander klammerten.

„Wieso kommst du denn nicht mit nach Berlin? Platz haben wir genug."

„Ach, Roliboy. Berlin ist eine Großstadt – genaudas, was ich nicht will. Ich lebe hier völlig abgeschottet von der Außenwelt – das gefällt mir. Du weißt doch, dass ich achtzig Prozent der Menschheit für komplett bescheuert halte. Ich gehe sogar soweit und sage, dieser Prozentsatz hat nicht mal eine Existenzberechtigung in meinen Augen. Und gerade in Großstädten macht doch jeder nur seinen eigenen Scheiß – andere zählen nicht, nur der eigene Vorteil ist wichtig. Das habe ich jahrelang gehabt, das reicht mir. Du würdest im Gegenzug ja auch nicht hierbleiben. Das wir uns trennen, ist irgendwie logisch – auch wenn es mir das Herz zerreißt. Es tut höllisch weh und ich werde dich vermissen, unendlich vermissen, mein strammer, gut gebauter Roliboy."

„Ich verstehe dich, und deine Ansichten respektiere ich. Vorschlag: Wir bleiben per E-Mail in Kontakt und schwören uns jetzt, genau hier, dass wir uns spätestens in einem Jahr wiedersehen – besser früher. Ich zahle dein Flugticket, einverstanden?"

„Lieb von dir, aber ich habe eine sechsstellige Summe auf der Bank of America liegen. Aber jetzt mal was ganz anderes: Gehen wir duschen?"

Roland und Froy waren auch Thema bei Toby, Mark und Julius, die bereits mit dem Frühstück im Wohnzimmer zugange waren.

„Das wird nicht einfach für die beiden", meinte Toby. „In den letzten Wochen sind die zwei zu einer festen Einheit zusammengewachsen."

„Habe ich da gerade die Badezimmertür gehört?", grübelte Julius.

„Du hast – die sind jetzt erst mal für mindestens eine Stunde beschäftigt. Na ja, wieso auch nicht? Sollen sie es noch mal so richtig krachen lassen. Ich finde es gut und freue mich für die beiden", sagte Mark. „Obwohl das nachher ein ziemlich tränenreicher Abschied sein wird. Ach, Julius, ich habe gestern was mit Toby besprochen."

„Na, jetzt bin ich aber gespannt!"

„Toby und ich begleiten euch nach Berlin und helfen, die Mörder von Timmy zu finden."

„Wow, das ist mal eine gute Nachricht, ich freue mich total, echt jetzt! Aber ihr wisst, dass diese Begegnung nicht zivilisiert ablaufen wird?"

Toby stieß einen Seufzer aus und erklärte: „Wie kann man zivilisiert bleiben, wenn man mit solchen Sachen konfrontiert wird? Waren die Mörder von Timmy zivilisiert? Oder anders gefragt: Haben diese üblen Typen einen zivilisierten Umgang verdient?"

„Selbstverständlich nicht", sagte Julius energisch. Das ist mir durchaus bewusst – ich wollte nur sicher gehen, ob ihr euch darüber im Klaren seid, dass die beiden die Bildfläche nicht lebend verlassen werden."

Die Stunde des gefürchteten Abschieds meldete sich ohne Rücksicht auf irgendwelche Befindlichkeiten. Der Jeep war gepackt und startklar zur Abreise. Toby, Julius, Mark und Stiles hatten sich ausgiebig von Froy verabschiedet. Durch die Scheiben des Jeeps beobachteten sie gespannt, wie Roland und Froy Lebewohl sagten.

„Jetzt glotzt da doch nicht so hin, gebt ihnen mal ein bisschen Privatsphäre", ranzte Julius die anderen an. „Ich mache jetzt das Radio an, wir müssen ja nicht noch wissen, was die beiden bereden."

„Oh Mann, jetzt umarmen sie sich", kommentierte Mark.

„Weint einer von ihnen? Ich kann es von hier nicht sehen", sagte Toby leise.

„Ja, beide – ich heule gleich mit."

Als Roland sich mit völlig vertränten Augen auf die Rückbank des Jeeps setzte und die Tür zögerlich schloss, war es im Wagen mucksmäuschenstill. Toby startete den Motor und fuhr langsam los.

Froys Gesicht war von den vielen Tränen so nass wie ein überfüllter Schwammanfeuchter für Briefmarken. Zaghaft winkte er zum Abschied. Er schaute dem Wagen nicht hinterher, sondern verschwand stattdessen sofort unter der Erde und schloss die Luke zu seinem kleinen Reich.

Bin ich ein Idiot? Hätte ich mit Roliboy mitgehen sollen? Gefällt mir die Einsamkeit wirklich so sehr? Oder habe ich im Leben einfach immer nur die Falschen kennengelernt und bin deswegen hier in die Einsamkeit geflüchtet? Lebe ich so richtig? Soll ich für den Rest meines Lebens hier unten verbringen wie ein Maulwurf? Ich muss nachdenken. Erst mal werde ich hier aufräumen. Oh, hier liegt noch ein T-Shirt von Roland. Es riecht so stark nach ihm, als wäre er hier. Ich muss mich zusammenreißen. Wie hieß dieses Lied, dass Roli so mochte? Das war doch eine kleine Vinyl-Single von Ezra Furman – ah hier – I'm sinking slow heißt der Titel – ist ja richtig passend zu meinem Befinden.

Während Froy den lieblichen Klängen des traurigen Liedes lauschte und sich zusammengekrümmt aufs Sofa fläzte, registrierte er am Rand seines Blickfeldes einen kleinen gelben Umschlag. Neugierig griff er danach.

Was ist das denn? Fotos? Ein Umschlag mit der Aufschrift You press the button, we do the rest – Kodak. *Was ist das denn? Die vier in Naziklamotten in einem U-Boot? Waren die auf einem Kostümfest? Und hier sind sie auf einer Burg – sieht aus wie ein Treffen der Hitlerjugend. Hier im Flugzeug, und hier mit einem Auto auf dem Wasser. Was soll das alles bedeuten? Entweder haben die Jungs die Bilder hier absichtlich liegen gelassen, oder sie haben sie vergessen. Bleibt trotzdem noch die Frage mit den Naziuniformen. Wieso zieht man so was freiwillig an? Na ja, ich werde Roland per E-Mail fragen.*

Im Jeep war die Stimmung gemischt. Die Zeit, die sie mit Froy verbracht hatten, war einfach großartig gewesen. Von totaler Action bis zum Rumgammeln war alles dabei gewesen. Roland versuchte, sich ein wenig von Froy abzulenken.

„Bevor wir nach Berlin fliegen, ich hätte da so eine Idee, keine Ahnung ob ihr dazu Bock habt. Einfach noch ein oder zwei Tage gemütlich am Strand verbringen. So eine Art kurzen Badeurlaub in L. A., die Zeit haben wir doch."

„Also ich finde die Idee gut – was ist mit euch?", fragte Toby. Mark und Julius nickten sofort.

„Auf jeden Fall", ergänzte Mark. „Vielleicht können wir ja sogar ein paar Tage ohne Blut und Gewalt verbringen. Ich denke, das werden wir hinkriegen."

„Ich bin so froh, dass wir zurück nach L. A. fliegen", meinte Julius. „Ich hätte überhaupt keinen Bock, noch mal zwei oder drei Wochen auf einem Schiff zu verbringen."

Toby fuhr zügig und bemühte sich, das Tempo nicht unnötig zu verringern. Sie alle vermissten die Zivilisation und wollten einfach nur nach Hause. Keine Essenspausen, keine Pinkelpausen – Hauptsache, schnell, Hauptsache, bald. Die Jungs wussten, wenn sie erst im Flieger saßen, würden sie in knappen neun Stunden in Los Angeles landen. Die Flugzeit könnte man gut mit Schlafen überstehen. Marks Vater hatte seine Kontakte spielen lassen, und den Jungs Plätze in einer Frachtmaschine reservieren lassen. Der Vorteil lag klar auf der Hand: Jeep und Hund wurden während des Fluges nicht von den Jungs getrennt. Außerdem hatten sie ausreichend Platz, um es sich in der Horizontalen gemütlich zu machen.

Über den Wolken kehrte dann endlich wieder Ruhe ein. Zufrieden und entspannt lag die Bande ausgestreckt auf den gepolsterten Bänken, die an beiden Seiten des Frachtraumes gegenüberliegend befestigt waren. Jeder starrte stur auf sein Smartphone – swipte und textete, was das Zeug hielt. Roland setzte seine Kopfhörer auf und streamte die Songs, die an die schönen Zeiten mit Froy erinnerten. Er hatte eine Playlist bei Apple Music angelegt:

1. **Tony Marshall** – Tätärätätätätä

2. **Fancy** – We Can Move A Mountain

3. **Ezra Furman** – My Zero

4. **Ezra Furman** – Love You So Bad

5. **Ezra Furman** – Sinking Slow

6. **Timber Timbre** – Run From Me

7. **Jake Bugg** – You And Me

8. **Rammstein** – Ohne dich

9. **Westbam** – You Need The Drugs

10. **Von Wegen Lisbeth** – Das Zimmer

11. **Velvet Condom** – Self Injury

12. **Pisse** – Ich fühle nichts

Oh Gott, ich brauche die Titel nur zu lesen, nicht mal zu hören, da könnte ich schon losheulen. Ich habe noch nie so einen Freak mit einem so breit gefächerten Musikgeschmack getroffen. Diese Mischung ist so was von wild zusammengewürfelt, aber es berührt mich. Schließlich soll Musik das ja auch. Ich versuche, dabei etwas zu schlafen.

KAPITEL 14 – TAG AM MEER

„Hey Roland, wach auf! Wir sind da!", sagte Mark, während er stark an Roland rüttelte.

„Was? Schon? Ich bin doch gerade erst eingeschlafen?"

„Ja, vor ungefähr neun Stunden."

„Ist ja Wahnsinn – aber gut, umso besser. Auf zum Strand, Leute!"

„Na das ist mal ein gut gelaunter Roland!", freute Toby sich und drückte kurz seine linke Schulter. Die Stimmung war bei allen einfach nur gut. Angestachelt durch das gute Wetter verloren die fünf keine Zeit und fuhren direkt mit dem Jeep über die Laderampe aus dem Flugzeug. Toby hatte da einen guten Vorschlag: „Ein Geschäftspartner meiner Eltern, er heißt Tony Toesa, hat einen Privatstrand, auf dem ein kleines Strandhaus steht. Ich weiß zwei Dinge, die für uns wichtig sind. Erstens: Mir ist bekannt, wo der Schlüssel liegt, und zweitens: Tony Toesa ist zurzeit in Europa und kommt auch nicht so schnell zurück. Also können wir dort übernachten."

„Am meisten freue ich mich darüber, dass das jetzt ein ganz normaler Aufenthalt wird. Ohne Tote, ohne Kämpfe, ohne Blut und ohne den Einsatz von Waffen", freute sich Julius.

Roland lachte laut: „Also mit anderen Worten gesagt: eine

völlig untypische Situation für uns!"

„Mann, Mann, Mann, Mann, Mann – ihr seid so ein verrückter, durchgeknallter Haufen. Ich liebe euch alle!", meinte Mark und lehnte seinen Kopf an Rolands Schulter.

„So ist's richtig, Kleiner – kannst dich immer an mich anlehnen."

Nach knapp einer Dreiviertelstunde erreichten sie Tony Toesas Privatstrand. Schon von weitem beobachteten sie etwas, das ihnen gar nicht gefiel. Toby stoppte den Wagen und guckte angestrengt in die Ferne: „Da steht ein Wohnmobil vor dem Strandhaus – und ein Typ läuft da rum. Was zur Hölle macht der denn da? So ein Mist! Das ärgert mich!"

„Mach den Motor aus, Toby. Wir machen jetzt einen kleinen Spaziergang am Strand und gucken uns das aus der Nähe an. Vielleicht haut er ja gleich wieder ab", schlug Roland vor.

Stiles verschwand sofort im Meer, als die Blackfin Boys ausstiegen. Fünfundsiebzig Kilo pure Freude sprangen im flachen Wasser auf und ab. Die starken Wellen brachten den stämmigen Rüden immer wieder aus dem Gleichgewicht, doch das sah Stiles als Herausforderung an. Er bellte wie verrückt. Wahrscheinlich wollte er die Wellen dazu bringen, sich ihm zu unterwerfen. Erfolg hatte er mit dieser Methode aber nicht.

„Na, Leute, habe ich zu viel versprochen? Diese geile Luft, strahlend blauer Himmel, und dieser super weiche warme Sand unter den Füßen. Es gibt doch keinen schöneren Ort. L. A. – das ist meine Stadt!", schrie Toby laut und rannte zu Stiles ins Wasser, spritze diesen mit Händen und Füßen nass und rannte freudestrahlend zurück zu seinen Freunden. Die konnten sich vor Lachen nicht mehr halten.

„Sorry, Toby, du führst dich auf wie ein Fünfjähriger, dem man gerade Eimerchen und Schaufelchen geschenkt hat", amüsierte sich Julius.

„Den passenden Gesichtsausdruck dazu hast du ja", meinte Roland. „Aber es ist schön, an deiner super geilen

Laune teilhaben zu dürfen. Hey, seht mal – der Typ da hinten geht ins Meer. Wir gehen einfach ganz normal vorbei."

„Ist schon merkwürdig – da sind eben zwei Katzen aus seinem Wohnmobil gesprungen. Na hoffentlich benimmt sich Stiles", befürchtete Mark. „Alles klar, Julius? Bist du in Gedanken?"

„Ich beobachte diesen Typen. Er hat uns gesehen und geht nun aus dem Wasser. Und zwar so schnell, dass er uns gleich genau vor die Füße läuft. Der macht das doch extra."

„Stiles! Nicht! Komm her!", rief Mark vergebens. „Verdammt, jetzt springt er den Typen an – wie peinlich! Stiles, du sollst nicht immer fremde Leute anspringen! Entschuldigen Sie bitte, Mister, der Hund ist immer etwas aufgedreht."

„Ist doch kein Problem, Mark", sagte der Mann lächelnd und ging zu seinem Wohnmobil. Verblüfft sahen sich die Jungs an und flüsterten.

„Hat der eben meinen Namen gesagt?"

„Ja, er hat deutlich Mark gesagt."

„Das habe ich auch verstanden."

„Das haben wir alle verstanden. Ist ja gruselig. Gehen wir einfach unauffällig weiter. Guckt er noch?"

„Ja, er hat eben noch kurz hinterher geguckt", meinte Toby. „Komisch, er kommt mir irgendwie bekannt vor. Wie alt war der wohl? Kann ich schlecht einschätzen."

„Vielleicht so Anfang vierzig. Ist aber auch egal, er fährt nämlich gerade weg", beobachtete Roland.

Schnell wurde der Jeep vor dem Strandhaus geparkt und kurzerhand das Gepäck vor die Haustür geworfen. Roland drängte seinen Freunden seine Vorliebe fürs Nacktbaden auf.

„Hier ist ja keine Sau weit und breit – dann können wir auch nackt baden. Los, Jungs – Hosen runter! Den letzten beißen die Hunde!"

„Da läuft er ins Meer wie Gott ihn geschaffen hat", lachte Mark. „Na kommt, tun wir ihm den Gefallen, wir wissen doch, wie sehr er diese Freikörperkultur liebt."

Splitternackt liefen die Jungs los und stürzten sich auf Roland, um ihn mehrmals unterzutauchen. Der kräftige Kerl schmiss seine Angreifer einen nach dem anderen kopfüber ins Wasser. Sie tobten eine gute Stunde in den Wellen des Pazifiks herum, bevor sie sich völlig ausgepowert auf den Liegen der Veranda ablegten.

„Pommes rot-weiß – die könnte ich jetzt vertragen", schwärmte Roland.

„Au ja, Roland – haben wir in Berlin so oft gegessen, sau lecker, der Mist! Was meint ihr denn – wann fliegen wir in die deutsche Hauptstadt?"

Toby bediente einhändig sein iPhone: „Ich gucke gerade wegen Flug und so. Also angenehm wäre übermorgen um 9:30 Uhr – dann sind wir ungefähr zwischen zwei und drei Uhr früh in Berlin. Fast siebzehn Stunden, alter Schwede. Außerdem müssen wir für Stiles ein ganz normales Ticket buchen, dann kann er bei uns im Passagierraum sitzen. Insgesamt wird der Flug von zwei Stopps unterbrochen – da bieten sich prima Pinkelpausen an. Wir werden allerdings keine Waffen mitnehmen können, wegen der Flugsicherheit."

Roland lehnte sich gemütlich zurück und genoss die intensiven Sonnenstrahlen: „Darüber brauchen wir uns keine Sorgen zu machen. Ich habe da Kontakte in Berlin. Und jetzt will ich bis übermorgen nichts anderes machen, als meinen Pimmel unter die kalifornische Sonne zu halten."

Genau das war auch die Haupttätigkeit, der die vier ausgelassen nachgingen. Baden, sonnen, schlafen – nichts anderes. Für das leibliche Wohl sorgte der örtliche Pizza-Bringdienst, der sie bis zu dreimal täglich belieferte. Ihre Klamotten stopften sie alle auf einmal in die Waschmaschine – keiner hatte große Lust, sich auch nur ein Kleidungsstück überzustreifen.

Die anderthalb Tage vergingen leider viel zu schnell, aber so ist es leider mit den guten Zeiten – die vergehen immer wie im Fluge. Die beschissenen hingegen ziehen sich hin wie ein zähes Kaugummi, das vom vielen Kauen schon ganz bitter schmeckt.

Die lange Flugzeit war für die vier unerträglich. Aufregung über die bevorstehende Aufgabe, zwei Kindermörder aus dem Verkehr zu ziehen, machte sich in ihren Gehirnen und Mägen breit. Besonders Julius runzelte ununterbrochen seine Stirn.

Ich hasse es, völlig unvorbereitet zu sein. Außerdem habe ich überhaupt keine Ahnung, was in Berlin passieren soll. Ich werde sie auf jeden Fall finden und erkennen, sagte mir Dix. Wie soll das bloß gehen? Und wenn wir die Typen gefunden haben? Was dann? Oh, ich hab's: Mark nutzen wir als Lockvogel, er sieht mit seinen sechzehn Jahren noch dermaßen blutjung aus, da können diese üblen Kindermörder bestimmt nicht widerstehen. Wenn ich ihn mir so betrachte, er könnte auch als Vierzehnjähriger durchgehen.

„Was glotzt du mich so an, Julius?"

„Ach nichts, Mark. Versuch, ein wenig zu schlafen."

Niedlich, der Kleine. Er weckt immer wieder meinen Beschützerinstinkt. Aber ich glaube, die anderen denken auch so. Roland hängt ganz besonders an ihm, er ist so was wie sein kleiner Bruder. Wenn er mit ihm schimpft, dann nur weil er das Beste für ihn will. Toby und Roland pennen schon. Das sollte ich jetzt auch.

Nach 5800 Meilen erreichten sie endlich den Flughafen Berlin-Brandenburg. Beim Aussteigen erklärte Roland Toby und Mark stolz, was es mit dem großen Flughafen auf sich hat: „Der Bau dieses Flughafens war eine deutsche Meisterleistung. 2006 wurde angefangen zu bauen – und schon fünf Jahre später ist er fertig geworden. Nur weil die schlausten und intelligentesten Köpfe des Landes am Bau beteiligt waren, konnte die Bauzeit so gering gehalten werden. Das sollen andere Länder erst mal nachmachen. Wegen seiner überdimensionalen Größe hat er die beiden anderen Flughäfen

Tegel und Schönefeld ersetzt. Der gesamte Berliner Flugverkehr wird jetzt hier abgewickelt."

Na ja, so toll ist er ja nun auch nicht, dachte Mark. *Der Flughafen in Los Angeles gefällt mir besser. Und das Wetter hier ist auch scheiße.*

„Wir nehmen uns jetzt ein Taxi – wir fahren erst mal zu uns. Dann könnt ihr mal sehen, wie ich mit Julius lebe. Meine Mutter dürfte gerade wieder in Monaco sein, wir haben das Haus also ganz allein für uns."

Auf der Fahrt dorthin wurde Julius von einer Art Vision erfasst: „Oh Mann, Leute. Ich glaube, ich weiß, wo wir die Typen finden. Ich habe den genauen Weg im Kopf, obwohl ich noch nie in dieser Gegend war."

Der Taxifahrer sah Julius ungläubig im Rückspiegel an – kommentierte die Situation aber nicht. Wahrscheinlich machte ihm der übergroße Rottweiler Angst, der auf der Rückbank saß und mit seiner Körpersprache deutlich machte, dass sein Rudel hier das Sagen hat – und sonst keiner. Zu Hause veranstaltete Roland eine kleine Führung und präsentierte die geräumige Villa. Dazu spendierte er ein paar Dosen Red Bull, die Mama Lisa immer für ihren geliebten Sohn im Kühlschrank parat hielt. Dann versammelten sich die vier in Rolands Zimmer. Julius war sich über die weitere Vorgehensweise unsicher:

„Jetzt stellt sich die Frage: Erledigen wir den Job sofort? Es ist immerhin Sonntagmorgen, 3:30 Uhr?"

„Welchen Ort hast du denn vor Augen?", wollte Roland wissen.

„Es ist eine Kneipe, wie sie heißt, weiß ich nicht – aber ich kenne jetzt den Weg dorthin. Es laufen dort nur sehr junge und sehr alte Typen herum. Kommt mir vor wie eine Stricherkneipe oder so."

„Dann fahren wir sofort los. Kommt mal mit in den Keller, wegen den Waffen."

„Häh, ich dachte, du wolltest jemanden anrufen?", stutzte

Julius.

„Nicht nötig, ich habe selbst genug. Ich wollte euch vorhin nur nicht beunruhigen und unangenehmen Fragen aus dem Weg gehen."

„Danke für deine Ehrlichkeit, du für mich völlig fremde Person", gab Julius sarkastisch von sich.

Toby und Mark zogen sich aus der Affäre, indem sie grinsend sagten, sie seien nur Gäste und wollten sich nicht in die Streitereien der Gastgeber einmischen. Roland zeigte ihnen daraufhin den Mittelfinger.

Im Keller führte Roland seine Freunde zu einem zwei Quadratmeter großen Wandteppich, den er zur Seite hängte.

„Wie geil ist das denn? Voll der geheime Raum – einfach nur hinter dem Teppich versteckt. Ist ja genial", schwärmte Toby. Julius war leicht angesäuert, immerhin lebte er mit Roland zusammen und war überzeugt gewesen, dass sie alle Geheimnisse miteinander teilten. Roland merkte das sofort.

„Hey Juls, komm schon. Sei nicht sauer. Ich hätte es dir schon noch gesagt. Aber wozu hätten wir Waffen in den letzten Monaten hier in Berlin brauchen können?"

Der sechs Quadratmeter kleine Raum ohne Fenster war mit drei Regalen an den Wänden ausgestattet, die mit Waffen aller Art vollgestopft waren. Darunter auch eine Mini-Armbrust, eine Harpune, unzählige Revolver und Pistolen sowie ein Haufen an Munition und Pfeilen. Es roch ein wenig nach Schießpulver.

„Deine Mutter weiß davon nichts?", fragte Toby.

„Das war mal eine Besenkammer. Ich habe den Teppich schon vor sechs oder sieben Jahren vor den Eingang gehängt. ich glaube, sie hat ihn vergessen. Also, was nehmen wir mit?"

Mark drängelte sich vor, betrachtete die Auswahl kritisch und sagte: „Zwei Pistolen mit aufgesetzten Schalldämpfern, das große Messer da, und die Mini-Armbrust. Das sollte reichen. Was? Jetzt glotzt doch nicht so blöde!"

„Manchmal bist du ganz schön abgefuckt, Kleiner. Das

war mal anders."

„Ist doch kein Wunder bei dem, was wir erlebt haben. Oder sieht das einer von euch anders?"

Schweigendes Nicken bestätigte Marks Feststellung. Dann verteilte er die Waffen wie folgt: Toby bekam das Messer, Roland die Mini-Armbrust, Julius und sich selbst wies er die Pistolen mit je einem vollen Magazin zu.

„Die Zuteilung ist eigentlich fast so wie immer. Nur, dass Roland keine Harpune hat – die wäre sowieso zu sperrig und deswegen zu auffällig."

Julius faste sich stöhnend an seinen Kopf und kniff die Augen zu: „Ich habe wieder eine Vision. Los, Roland, wir nehmen deinen Landrover. Ich führe uns. Aber lasst uns schnell machen. Ich habe irgendwie das Gefühl, dass es in der nächsten halben Stunde passieren muss."

„Dann folgt mir. Wir können vom Keller aus direkt in die Garage zu meinem Wagen. Stiles können wir so lange im Garten lassen, der ist komplett von einer Mauer umgeben."

Das automatische Garagentor öffnete sich und die Fahrt in die rabenschwarze Nacht startete. Julius kannte nicht das genaue Ziel. Er gab Roland nur Anweisungen, wie er zu fahren hatte. Links, rechts, links, jetzt länger geradeaus – mehr Information gab Julius nicht preis. Das lag nicht daran, dass er nicht wollte, er konnte ganz einfach nicht. Oft gab er erst im allerletzten Moment die Anweisung, nach rechts oder links abzubiegen, weil er vorher nicht das Bild im Kopf hatte. Schließlich landeten sie in einer abgelegenen Seitengasse am Rande der Stadt. Es gab dort eine Kneipe namens *Le Fiacre*. Roland wendete und parkte seinen Wagen in der nächsten Seitenstraße. Keiner der Gäste sollte sein Nummernschild sehen.

„Na super, jetzt sind wir wirklich im Stricherlokal gelandet. Hast recht gehabt mit deiner Vision, Julius. Hoffentlich erkennt mich keiner."

„Wieso zum Teufel sollte dich hier jemand erkennen?",

fragte Toby ungläubig.

„Wie ihr wisst, bin ich von Beruf Physiotherapeut. Ein Patient mit Rückenbeschwerden, den ich im letzten Jahr behandelt habe, verkehrt hier. Jedenfalls erwähnte er das irgendwann mal. Ich kann mich so gut daran erinnern, weil er mich mal von der Arbeit nach Hause gefahren hat, weil mein Wagen streikte. Egal, Augen zu und durch."

KAPITEL 15 – DIE ABRECHNUNG

Geschlossen betraten die vier den Laden. Brüllend lauter Schlager schallte ihnen entgegen. Die Luft geschwängert von dichtem Zigarettenqualm. Eine diffuse Beleuchtung sorgte dafür, dass man in den Ecken des Lokals unbeobachtet machen konnte, was man wollte. Der Laden war gut besucht, man musste sich an den vielen Leuten vorbeidrängeln, um vorwärts zu kommen. Die jüngsten Typen waren achtzehn Jahre alt, bei einigen hätte man annehmen können, dass sie noch schulpflichtig waren – was natürlich das ältere Klientel, durchschnittlich sechzig Jahre alt, nicht störte. „Neue Gesichter, wie schön!", grölte ein fetter Man, der an der Bar einen Jägermeister trank. Im Eingangsbereich hing ein Bild in Kinoplakatgröße. *Spike und Timon heißen euch herzlich willkommen.* Unter den Namen waren wahrscheinlich die Besitzer abgebildet. Spike, die fünfzig schon überschritten, schütteres, blond gefärbtes Haar, sein Gesicht faltig – wahrscheinlich vom vielen Nikotinkonsum. Neben ihm auf dem Bild könnte sein Lebensgefährte sein. Timon, bestimmt nicht älter als zwanzig Jahre. Ein ungleiches Paar, aber nicht untypisch für die Umgebung, in der es normal war, dass sich sehr, sehr Alte mit blutjungen Typen einließen – und umgekehrt. Roland gab seinen Freunden ein Handzeichen, sie sollten ihm sofort nach draußen folgen. Dann änderte er den

Plan:

„Ich will nicht, dass Mark den Lockvogel macht, falls wir diese Typen hier überhaupt finden. Ich mache das."

„Das ist nett von dir Roland, aber ich kriege das schon hin."

„Hast du mich nicht verstanden? Ich sagte, ich mache das! Also, wieder rein in den Schuppen."

Ich nehme das mal als Kompliment, dachte Mark. *Er macht sich eben Sorgen um mich, und irgendwie genieße ich das auch.*

Witzig, wie Roland vorweg geht, dachte Toby. *Er geht durch die Menschenmenge, als hätte er Rasierklingen unter den Armen. Als würde er sagen wollen, wer meine Jungs anfasst, kriegt auf die Fresse. Schon komisch, was die hier alle für Signale senden. Die Jungen gucken uns böse an, als seien wir Konkurrenten und würden uns an ihre Freier ranmachen. Die Älteren ziehen uns regelrecht mit ihren Blicken aus. Was für eine unheimliche Atmosphäre. Wie sagt man so schön? Wer sich in die Bar begibt, fällt darin um! Ich bin ganz froh, dass wir Roland dabei haben.*

Julius redete aufgrund der enormen Lautstärke nicht, sondern gab nur ein Zeichen, ihm zu folgen. Er peilte einen hinteren Raum an, in dem ein Billardtisch stand, der von zwei Strichern bespielt wurde. In diesem Bereich des Lokals gab es eine weitere Bar – hier wurden aber nur teure Cocktails ausgeschenkt. Hinter dem Tresen stand Spikes Freund Timon. Er machte einen schüchternen und verletzlichen Eindruck – was ganz und gar nicht zur rauen Atmosphäre passte.

Ich verstehe das nicht, dachte Mark. *Da geben diese alten fetten Semmelsäcke Geld dafür aus, sich von über vierzig Jahre jüngeren Typen befriedigen zu lassen. Obwohl die doch eigentlich wissen müssten, wie abstoßend so eine faltige Haut auf die jungen Typen wirkt. Das wäre mir als alter Mensch viel zu peinlich. Aber denen scheint das scheißegal zu sein. Es geht eben nur ums Geld. Gekaufte Zuneigung.*

Plötzlich verhielt Julius sich ganz aufgeregt und machte mit seinen Augen auf zwei Typen aufmerksam, die zusammen in einer Ecke an einem Internetplatz saßen und auf den Monitor starrten. Beide deutlich über fünfzig Jahre alt, wenig Haare auf dem Kopf und ausgeprägte Bierbäuche. Julius gab Roland ein Zeichen.

Nun gut, dann will ich unseren Plan mal umsetzen, den Julius so ausgeklügelt im Flugzeug ausgedacht hat.

Julius hielt Roland kurz an der Schulter fest: „Keine Angst, wir sind direkt hinter dir."

Roland bedankte sich mit einem Augenzwinkern und wandte sich seinen Zielpersonen zu: *Dann testen wir mal, ob ich bei den Typen gut ankomme. Erst mal Blickkontakt aufnehmen – dann anlächeln – und dann auf sie zugehen. Ah, das ging ja schnell.*

„Was bist du denn für ein junger hübscher Mann? Wie heißt du denn?"

Roland gab den schüchternen, zurückhaltenden und naiv eingestellten Jungen ab: „Ich bin der Roland und wie heißt ihr?"

„Das ist mein Kumpel Addi, und meine Wenigkeit heißt Uwe. Willst du was trinken?"

„Ehrlich gesagt wollte ich mir hier etwas Taschengeld verdienen. Habt ihr Interesse?"

„Auf jeden Fall. Wir können uns hier ein Zimmer nehmen. Wir bezahlen es."

„Na dann lasst uns keine Zeit verlieren! Geht vor, ich kenne den Weg doch nicht, bin zum ersten Mal hier."

„Du bist ja niedlich. Das ist doch kein Problem. Ich zeige dir schon, wo es langgeht. Na los, gib mir deine Hand. Addi, geh mal vor zur Theke und hol den Zimmerschlüssel."

Toby, Mark und Julius folgten dem Gespann unauffällig.

Wie der Typ meine Hand hält, allein das finde ich schon ekelhaft. Total schwitzig seine Pranke. Außerdem hat er ganz gelbe Finger vom vielen Rauchen. Dieser Addi redet ja kein einziges Wort, dieses ständige Grinsen wirkt irgendwie psychopathisch.

Auf dem Weg ins Nebengebäude, das sich als kleine Pension entpuppte, die billig Stundenzimmer vermietete, wurde Roland nur so mit Komplimenten überschüttet.

„Ich mag deine reine Haut. Sie sieht so weich aus. Deine blonden Haare und deine blauen Augen machen mich ganz verrückt. Sag mal, lässt du auch Videos von dir machen?"

Alles klar, ihr Schweine, ihr werdet euch wundern.

„Na klar, das macht mir nichts aus."

„Umso besser!"

Toby hatte die Schlüsselübergabe genauestens beobachtet. Draußen vor der Tür besprachen die Jungs Teil zwei des Plans.

„Auf dem Schlüsselanhänger war deutlich eine große sechs zu sehen. Also kann das ja nur die Zimmernummer sein. Los, gehen wir leise in das Nebengebäude. Oh Gott, hier stinkt es nach Urin."

„Seid mal leise", flüsterte Julius. „Ich höre sie oben auf den Treppen, sie sind noch nicht im Zimmer. Gehen wir leise hinterher, aber wirklich leise!"

Mir ist überhaupt nicht wohl dabei, dass Roland mit zwei Kindermördern allein da oben ist, dachte Mark. *Ich hasse es, wenn Situationen nicht überschaubar sind. Moment, war das ein Schloss?*

„Ich glaube, sie haben die Tür aufgeschlossen. Los, schneller – lasst uns wenigstens an der Tür lauschen, bevor wir eingreifen."

Marks Vorschlag sprach den anderen aus der Seele. Roland in dieser Situation allein zu lassen – nicht zu wissen, was in diesem Zimmer vor sich ging, das war einfach unerträglich. Toby fragte noch mal zur Sicherheit nach:

„Julius, du bist dir ganz sicher, zu hundert Prozent sicher, dass die beiden die Täter sind?"

„Ganz sicher. Hier ist das Zimmer 1. Die 6 muss demnach am Ende des Ganges sein. Wie primitiv, die Zimmernummern sind einfach nur mit schwarzem Stift auf die Türen gekritzelt. Es ist so still hier. Gibt es denn keine anderen

Gäste?"

Mark drückte sein Ohr an Tür 6: „Ich höre absolut nichts, das darf doch nicht wahr sein! Ich kriege gleich die Krise!"

Toby und Julius drückten ebenfalls ihre Ohren an die Tür – mit dem gleichen Ergebnis. Julius lief auf einmal so schnell und leise es ging in den gegenüberliegenden Korridor und presste sein Ohr an Zimmer 9: „Mensch Toby – auf dem Schlüssel stand nicht 6 sondern 9 – die Zahl stand auf dem Kopf – und hier scheint auch jemand drin zu sein."

Mark gab Toby eine Kopfnuss und zog seine Waffe. Julius zog seine Pistole und Toby hielt sein Messer stichbereit.

„Ich klopfe jetzt wie besprochen fünf mal leise an – dann müsste Roland sofort die Tür öffnen und wir stürmen die Bude. 1 – 2 – 3 – 4 – 5!"

Der Plan klappte hervorragend. Nach nur zwei Sekunden öffnete ihnen Roland – nur mit einer Unterhose bekleidet. Die Jungs stürmten den Raum und schlossen sofort hinter sich wieder die Tür, um kein Aufsehen zu erregen und nach Möglichkeit unerkannt zu bleiben. Die zwei Mörder lagen nackt nebeneinander auf dem Bett und bekamen vor lauter Schock kein Wort heraus. Mark gab Roland seine Armbrust, die er sofort mit einem Pfeil spannte. Die Jungs richteten ihre Waffen auf ihr Ziel. Die beiden Männer ergaben sich, indem sie ihre Arme hoben. Julius klärte die Typen auf: „Tja, da seid ihr in eine ganz schön große Scheiße geraten. Ich sehe, ihr habt hier schon eine Videokamera mit Stativ aufgebaut – sogar mit einem kleinen Scheinwerfer. Sehr professionell – ich bin beeindruckt."

„Wer seid ihr und was wollt ihr?", fragte einer der beiden. „Wollt ihr Geld? In dem Kleiderschrank ist ein kleiner Safe, dort sind 12.000 Euro drin, nehmt sie und verschwindet! Der Schlüssel ist in meiner Hose da auf dem Stuhl."

Julius beherrschte weiterhin die Situation und gab Toby eine Anweisung: „Sieh in der Hose nach. Wenn du den Schlüssel hast, öffne den Safe."

„Alles klar, mache ich." *Dieser Blick von Julius, so habe ich ihn noch nie gesehen. Total angsteinflößend – genau richtig in diesem Moment.*

„Was ist denn mit deinem Freund? Kann der nicht sprechen? Ist mir auch scheißegal. Ich hätte da mal eine Frage ...", fuhr Julius fort, näherte sich dem stummen Typen und hielt ihm den Pistolenlauf an die Schläfe:

„Kennt ihr einen kleinen Jungen, der Timmy heißt? Ist leider nur elf Jahre alt geworden! Ja ja, das große Schweigen im Walde."

„Er hat die Wahrheit gesagt, Julius – hier sind 12.000 Euro in bar."

„Vielen Dank, Toby. Und nun wieder zu euch. Ihr wundert euch sicher, dass wir unsere Namen benutzen. Das liegt ganz einfach daran, dass ihr mit diesem Wissen nichts mehr anfangen könnt. Selbst wenn ich euch meinen Personalausweis vor die Nase halte würde, für mich hätte das keinen Nachteil."

„Julius, hier ist noch was im Schrank. Eine Kiste mit ungefähr zwei- bis dreihundert selbstgebrannten DVDs. Ich lese mal einen Titel vor: Timmy, elfjähriger Junge, erlebt Höllenqualen. Dann steht hier noch 150 Minuten Laufzeit – und noch ein Hinweis."

Es war so totenstill in diesem Raum, selbst das Atmen aller Anwesenden war so leise, dass man es nicht hören konnte.

„Was für ein Hinweis, Toby?"

„Also: Laufzeit 150 Minuten – länger ging nicht, dann war er hin. Dann steht hier noch der Preis für die DVD: 80 Euro."

Julius liefen die Tränen herunter, sein Gesicht zeigte einen Ausdruck von Ohnmacht, Hass, Wut und Traurigkeit. Auch die anderen, bis auf die Täter, hatten mit Tränen zu kämpfen. Roland hob seine Armbrust und zielte auf die nackte Fußsohle des redseligen Mörders.

„Ich mache mal den Anfang. Jetzt halt doch mal still, du niederträchtiges Stück Scheiße, und zappel nicht so blöde rum. Wie soll ich denn dabei treffen?"

Julius setzte sich auf das rechte Bein des Stummen, sodass Roland ein ruhiges Ziel hatte.

„Nimm den hier, Roland. Mal sehen, ob er dann spricht oder weiter schweigt."

Julius hatte den Satz kaum ausgesprochen, da drückte Roland ab. Der Pfeil bohrte sich durch das weiche Fleisch der Fußsohle. Der Mann begann wie am Spieß zu schreien und wies die Schuld von sich: „Aaaaaahhhhh, verdammt, das war alles seine Idee, ich sollte das nur filmen, bitte, verschont mich!"

Toby fand im Schrank eine große Reisetasche. Er öffnete sie und gab laut Auskunft über den Inhalt: „Was haben wir denn hier? Klebeband, Zangen, kleine Messer, eine Schachtel mit mehreren Skalpellen, eine Nietenzange, ein ganzes Set Schaschlikspieße und weiterer kranker Scheiß, mit dem man Menschen viel Leid zufügen kann. Und das habt ihr dann auch noch alles gefilmt, oder etwa nicht?"

„Nimm das Klebeband und knebel unsere verdienten Todeskandidaten. Das Geschreie und Gewimmer geht mir auf die Nerven", meinte Julius kalt. „Erschießen ist eigentlich ein viel zu angenehmer Tod für euch. Aufgrund eurer Taten habt ihr das Recht auf einen fairen Umgang verwirkt. Jungs, fesselt die beiden ans Bett, ich bin in einer Minute wieder da."

Toby und Mark folgten Julius' Anweisungen. Roland schoss in der Zwischenzeit noch drei weitere Pfeile in die Fußsohlen der Mörder – diese krümmten sich vor Schmerzen. Der Angstschweiß lief ihnen milliliterweise von der faltigen Stirn herunter. Mark sah sich genauer in dem Zimmer um und machte sich darüber Gedanken: *Mann ist das eine primitive Absteige. Alles so behelfsmäßig eingerichtet. Aus der Wand neben der Tür gucken zwei Stromkabel heraus, die einfach weiß übergepinselt wurden. Ein altes verbrauchtes Waschbecken und dazu ein Wasserhahn, der schon mal besser ausgesehen haben muss. Hier geht es nicht ums Wohlfühlen, sondern hier wird einfach nur ein Ort zum Pimpern bereitgestellt. Der graue Linoleumboden macht es auch nicht besser. Die Matratze auf dem Bett ist an der Seite schon völlig vergilbt. Na ja, jetzt ist sie dazu noch rot. Verliert ganz schön viel Blut der Typ. Ich habe nicht das geringste Mitleid.*

„Es macht mir nicht mal Spaß", meinte Roland. „Aber es ist doch auf eine gewisse Weise gerecht, jetzt mal ehrlich, Leute. Aber ihr seid mir nicht böse, oder? Ich habe doch eine so schöne weiche Haut. Ich ziehe jetzt erst mal meine Klamotten wieder an. Ihr solltet beten, dass mein Freund dann schon wieder hier ist – wenn nicht, mache ich weiter."

Julius kam mit einem Kanister Benzin wieder und fing sofort an, die gesamten 25 Liter Inhalt auf die Täter zu schütten. Die versuchten, sich zu drehen und zu winden. Die Fesseln waren aber zu stark geschnürt und ließen keine großartigen Bewegungen zu. Julius kommentierte sein Tun:

„Na ja, ich gebe zu, der Großteil des Benzins ist in eure Matratze gesickert. Ich hätte euch liebend gern mit Napalm eingeschmiert, doch das haben wir leider nicht. Entschuldigt bitte, haben wir schlecht vorbereitet."

Keiner der Jungs wagte es, Julius ins Wort zu fallen oder ihn in irgendeiner Art und Weise an seinem Handeln zu hindern. Warum sollten sie auch?

„Ich zünde jetzt diese Kerze an und stelle sie hier an den Rand des Bettes. So, seht ihr? Sehr schön. Ich schätze mal, dass ihr in spätestens vier oder fünf Minuten in Flammen aufgeht. Ist ja gut, schreit nur – erst mal ist das Dank des Klebebandes nicht sehr laut, und zum anderen seid ihr in dieser Pension momentan die einzigen Gäste. Jungs, lasst uns verschwinden."

Zügig verließen die vier das Zimmer und schlossen hinter sich zu. Ihre Waffen verstauten sie schnell unter ihren Jacken. Das Glück schien auf ihrer Seite zu sein, denn auf dem Weg aus der Pension bis hin zu Rolands Landrover in der Seitenstraße begegneten sie keiner Menschenseele. Langsam fuhren sie zurück auf die Hauptstraße und hatten für ein paar Sekunden freien Blick auf die Fenster der Pension.

„Und es brennt lichterloh. Zwei Arschlöcher weniger auf der Welt. So haben wir vielen Unschuldigen das Leben gerettet. Wer weiß, wie viele Videos die beiden noch gemacht hätten", meinte Julius zufrieden und lehnte sich bequem in seinen Sitz. „Sag mal, Roland, was hast du eigentlich gesagt, als du dich vor denen ausgezogen hast?"

„Eigentlich hat die ganze Zeit nur der eine Typ gelabert – na ja, was heißt die ganze Zeit? Ich war ja nur zwei Minuten oder so mit ihnen allein. Der Stumme hat sofort die Videokamera angestellt und dann haben sie sich ausgezogen und auf das Bett gelegt. Ich wollte Zeit schinden und habe mich ganz langsam meiner Hose und meines Shirts entledigt. Währenddessen machte der mir andauernd Komplimente, wie schön ich doch sei, und ich solle ihn doch endlich rausholen. Voll widerlich – Gott sei Dank habt ihr dann geklopft. Hört ihr das? Die Feuerwehrsirene. Das ging ja schnell, aber Leben retten werden sie heute nicht. Ach ja, natürlich hat mich mein ehemaliger Patient gesehen, logisch, dass der ausgerechnet heute da sein musste. Wir hatten kurz Augenkontakt, er saß am Spielautomat. Was hast du da, Toby?"

„Die 12.000 Euro. Ich würde sagen, wir spenden sie einem gemeinnützigen Verein."

Roland hatte da schon eine Idee:

„Dunkelziffer e.V. in Hamburg. Die kämpfen gegen sexuellen Missbrauch von Kindern und gegen Kinderpornographie. Außerdem bieten sie Therapien für die Opfer an. Ich habe da vor ein paar Jahren einen Werbespot im Kino gesehen. Da man in Deutschland nicht einfach anonym auf ein fremdes Konto einzahlen kann, schicken wir die Kohle in einem Briefumschlag an die Büroadresse – Einwände?"

Natürlich hatte die keiner. Auf dem Weg zu Rolands Villa erklärte der Berliner seinen Freunden die Umgebung, ähnlich wie bei einer Stadtrundfahrt. Interessiert hörten sie

Roland zu, bis auf Julius, der die Stadt mittlerweile gut kannte. Er dachte über was ganz anderes nach: *Ob Milan und Timmy jetzt aus der Zwischenwelt in eine bessere verfrachtet wurden und ihren Frieden gefunden haben? Wie kann ich das herausfinden? Wahrscheinlich gar nicht.*

KAPITEL 16 – DER UNGEBETENE GAST

Zu Hause machte Roland für Toby und Mark je ein Gästezimmer fertig. Er schüttelte die Betten auf und stellte eine Glasflasche Black-Forest-Still auf den Nachttisch. Die Zimmer lagen auf der gleichen Etage wie die von Roland und Julius – nur am Ende des weiträumigen Flügels. Ohne viele Worte zu verlieren, ließen sie sich in ihre Betten fallen und schliefen binnen weniger Sekunden ein. Es war bereits fünf Uhr Morgens. Die Strapazen des Fluges, die Aufregung in der Stricherkneipe, das Feuer – viele Ereignisse in kurzer Zeit forderten ihren Tribut.

Julius' Tiefschlaf hielt eine kleine Überraschung für ihn bereit: *Mann, ist das schön hier. Eine unendlich weite Wiese mit saftig-grünem Gras. Der Himmel ist mega-blau und trägt ein paar schnee-weiße Dekowolken. Es ist bestimmt über fünfundzwanzig Grad warm. Obwohl ich ganz genau weiß, dass ich träume, fühlt es sich so real an. Ich spüre das weiche Gras unter meinen nackten Füßen. Diese Luft, so frisch und gesund – ein schönes Gefühl in meiner Lunge. Ich glaube, da hinten, ich kann es kaum erkennen, steht eine Art Scheune. Bleibt nur noch die Frage, was ich hier soll. Ist das ein Pferd, dass da angelaufen kommt? Tatsächlich – ein Schimmel, der einen roten Sattel trägt. Er läuft direkt auf mich zu. So ein schönes Tier, es sieht so stolz und elegant aus.*

„Na du, was bist du denn für ein prachtvolles Tier? Du bist

aber zutraulich, lässt dich sogar streicheln von mir. Bist du jemandem weggelaufen? Oder willst du, dass ich mich auf den Sattel setze? Ich kann aber nicht reiten, mein Freund."

Egal, ich stecke meinen linken Fuß in den Steigbügel und zieh mich am Sattel hoch – und schon sitze ich auf diesem Pferd. Warum habe ich das ...

„Hey, vorsichtig, nicht so schnell, mein Freund. Du scheinst ja den Weg genau zu kennen."

Er galoppiert Richtung Scheune. Ich sitze fest im Sattel und kann die heftigen Bewegungen ausbalancieren. Wieso kann ich das? Na, ich bin ja mal gespannt, was mich dort erwartet. Hoffentlich nicht diese üblen Traumfresser, die Kasul manchmal schickt. Aber die Umgebung sieht einfach zu friedlich aus. Aha, die Scheune ist also das Ziel.

„Hier wolltest du mich hinbringen? Soll ich in die Scheune? Gut, dann gehe ich da mal rein, das Tor ist ja offen, so wie es aussieht."

Das ist doch ein Kinderlachen, was ich da höre – ganz eindeutig!

„Hallo? Ist hier jemand? Ja klar, jetzt ist es auf einmal still – wird das jetzt ein Versteckspiel?"

„Würde ich nicht sagen, Bruderherz."

„Milan, Timmy – ihr seht so glücklich aus. Und eure Kleidung, ich meine, ihr seht ganz normal aus, ohne Verletzungen und Wunden."

„Hallo Julius, ich bin Timmy. Wir sind uns in der Zwischenwelt begegnet. Dank dir verbringe ich mit deinem Bruder eine wundervolle Zeit. Wir unternehmen jeden Tag die schönsten Dinge. Bitte entschuldige mich, ich reite jetzt mit Nikolaus aus – er wartet schon. Nochmals vielen Dank, Julius. Auch wenn ich nur für kurze Zeit hier sein darf! Milan, bis später. Ich reite aus."

„Klar, Timmy, lass dir nur Zeit. Aber sei schön vorsichtig und reite nicht zu weit weg!"

Schon ist Timmy davongelaufen.

„Ich liebe diesen kleinen Pupser, Julius. Es macht Spaß, sich um ihn zu kümmern, und ich genieße es, dass er so an mir hängt – aber das beruht auf Gegenseitigkeit."

„Ist das hier sozusagen eure Endwelt? Oder wie nennt man das hier?"

„Genau das ist es. Und das Schöne daran ist, es sieht hier jeden Tag anders aus. Wenn wir heute Abend ins Bett gehen und morgen früh aufwachen, könnten wir auf einer geheimnisvollen Abenteuerinsel landen. Gestern zum Beispiel waren wir in den Bergen, an einem See. Wir haben den ganzen Tag fast nur im Wasser verbracht. Und vorgestern waren wir in einem riesigen Vergnügungspark – dort haben wir viele andere Kinder und Jugendliche getroffen. Dieser Ort hier hält die schönsten Überraschungen bereit. Das verdanken wir nur dir, Julius."

„Ich wollte einfach nur, dass es euch gut geht. Wenn es euch schon nicht zu Lebzeiten vergönnt war, dann soll es das wenigstens hier sein. Eines fällt mir ganz besonders auf: Ich bin hier so ausgeglichen und unbeschwert – es gibt nichts, das meinen Verstand negativ belastet. Fühlt ihr auch so?"

„Jeder fühlt hier so. Alles und jeder in dieser Welt ist unbeschwerlich. Man ist jeden Tag ausgeglichen und braucht sich über morgen und übermorgen keine Sorgen zu machen. Das wäre auch sinnlos, denn keiner weiß, was morgen passiert – also lieber im Hier und Jetzt leben – na ja, tot sind ja alle, die hier sind."

„Kann es sein, dass du dich hier wohler fühlst als in der richtigen Welt?"

„Auf jeden Fall. Für mich ist in meinem vergangenen Leben alles schiefgelaufen. Als wir auf diese Insel kamen habe ich innerlich nicht mehr viel gefühlt. Keine Freude, kein Spaß – aber das hast du ja alles mitbekommen. Fies und gemein zu sein, das hat mich zufriedengestellt. Das konnte ich gut. Ich denke eher, damals war ich tot, heute lebe ich. Meine Aufgabe, die ich hier habe, liebe ich – dafür zu sorgen, dass es Timmy gut geht. So blöde sich das anhört, aber es ist so. Ich fürchte, wir sind über der Zeit. Du musst jetzt gehen, Bruderherz. Du warst schon viel zu lange hier. Gehe jetzt wieder zurück und erledige die Aufgabe vollständig – sonst muss der kleine Timmy wieder zurück in die Zwischenwelt. Ich habe meinen Frieden gefunden, er noch nicht ganz. Du hast also noch Zeit das wieder geradezubiegen."

„Moment, warte ..."

Oh nein, aufgewacht, Mist. Ich wäre gern noch länger dort geblieben – wo immer das auch war. Wie bitte? Ich habe mich genau um 05:00 Uhr ins Bett gelegt – jetzt ist es 05:03? Hat sich alles in drei Minuten abgespielt? Was zum Teufel meinte er denn mit ‚die Aufgabe vollständig erledigen‘? Und warum darf Timmy nur für eine kurze Zeit dort bleiben? Was soll's, meine Augen fallen schon wieder zu ...

Der nächste Morgen begann für die Jungs am frühen Nachmittag um 14:00 Uhr. Da Roland die Tür zum Garten aufgelassen hatte, konnte Stiles bereits seit mehreren Stunden auf dem riesigen Grundstück herumlaufen und seine Duftmarken verteilen. Außerdem hatte Roland als guter Gastgeber Knack-und-Back-Brötchen in den Ofen geschoben und ein paar Eier gekocht. Verschlafen und bekleidet mit T-Shirt und Unterhose traf man sich am Frühstückstisch.

„Oh Mann, Roland, das riecht ja verdammt gut, wie in einer Bäckerei!"

„Danke, Toby, für meine Freunde nur das Beste!"

„Da hast du dich wirklich ins Zeug gelegt. Wie liebevoll du den Tisch gedeckt hast – sehr vorbildlich. Julius, hör doch mal mit deinem iPhone auf hier am Frühstückstisch, das ist unhöflich!"

„Entschuldige, Mark, ich habe gerade die lokalen Nachrichten abgerufen. Hört mal zu: Zwei Gäste in Stricher-Pension bei einem Brand ums Leben gekommen. Na ja, das hört man doch gerne. Da hat es wenigstens die Richtigen erwischt."

„Und was steht da noch?", wollte Mark wissen.

„Nicht viel – es steht fest, dass Brandbeschleuniger benutzt wurde und zwei Menschen umgekommen sind. Bla bla bla, dann wurden im Schrank des Zimmers trotz des Brands noch ein paar DVDs mit Kinderpornografie gefunden. Auch gut, dann kann die Polizei vielleicht noch die Opfer auf den Videos identifizieren. So, jetzt habe ich aber ganz großen Hunger. Wie kann ein Tag besser beginnen als mit seinen besten Freunden. Ich liebe euch alle – echt jetzt!"

„Kann ich nur bestätigen!", so Toby. „Wir wollen doch alle nur Eines: ideale Verhältnisse! Oh, hat das eben geklingelt, Roland?"

„Yep, kleinen Moment, ich sehe schnell nach."

„Ja, mach das, wir essen in der Zeit für dich mit", scherzte Mark.

„Sagt mal, Julius, was mir gerad einfällt – wer war jetzt eigentlich der Vater von Timmy? Dieser Uwe? Oder war's der Stumme? Wie hieß der noch?"

„Addi war sein Name. Ich habe mir da eine Eselsbrücke gebaut, die eigentlich völlig sinnlos ist, jetzt zumindest. Der Uwe spricht, der Addi nicht. Aber wer jetzt Timmys Vater war, ich habe keine Ahnung. Letztendlich haben wir beide erledigt, und das ist okay."

Nachdem Roland nach drei Minuten immer noch nicht da war, überkam die drei ein unangenehmes Gefühl. Ein kurzer gegenseitiger Augenkontakt reichte aus, um den gut gedeckten Frühstückstisch mit vollem Munde zu verlassen, um nach Roland zu sehen. Als die Jungs das Wohnzimmer im Erdgeschoss betraten, dachten sie, es wäre nicht real – war es aber leider doch.

„Keinen Schritt weiter oder ich schneide eurem Freund die Kehle durch!", schrie ihnen ein offensichtlich verletzter Mann entgegen, der Roland auf einem Stuhl gefesselt und seinen Mund mit Klebeband geknebelt hatte.

„Du bist doch der Typ aus der Pension, der eigentlich verbrannt sein sollte?!", entgegnete Toby.

„Richtig, meine Freunde. Als ihr uns zum Sterben zurückgelassen hattet, habe ich es geschafft, das Klebeband von meinem Mund zu lösen. Dann schrie ich laut um Hilfe. Zum Glück kam gerade ein anderer Gast, er wollte das Zimmer nebenan aufschließen, da hörte er meinen Hilferuf und brach die Tür auf. Meine Fesseln konnte er noch lösen – aber als er meinen Freund Addi befreien wollte, hat diese kleine Kerze, die ihr so klein und niedlich am Rand der Matratze postiert habt, die benzingetränkte Stelle erreicht. Die Flammen verschlangen die beiden – ich konnte aber entkommen. Aber wieso bin ich hier? Woher kenne ich die Anschrift von unserem blonden Engel hier? Ich mag euren Gesichtsausdruck, so verzweifelt, als ob jetzt was ganz Schlimmes passieren würde. Um die Sache etwas spanender zu gestalten, werden wir nun eine Schweigeminute einlegen. Keiner bewegt sich, keiner sagt auch nur ein Wort – ich will nur meine Klinge an seine pulsierende Halsschlagader heran halten und eure Gesichter dabei sehen. Still jetzt!"

Scheiße, ich glaube, ich weiß, woher der Typ weiß, wo ich wohne, dachte Roland. *Mein ehemaliger Patient der mich in der Stricherkneipe erkannt hat. Der kennt mein Auto und weiß auch, wo ich wohne – verdammt! Er drückt die Klinge so fest an meinen Hals, dass ich keine Chance habe.*

Toby, Julius und Mark standen wie gelähmt nebeneinander und suchten krampfhaft nach einer Lösung, die die ausweglose Situation beenden könnte.

Was machen wir jetzt bloß? Ich bin doch der clevere Toby, ich habe immer gute Ideen und Pläne. Was macht der Typ nach dieser einen Minute? Los jetzt, lass dir schnell was einfallen!

Oh Mann, Roland – wie soll ich dich da nur rausboxen? Hast mich hier schon fast als Bruder bei dir aufgenommen und ich weiß jetzt nicht, wie ich mich revanchieren soll. Greife ich an, wird er dich aufschlitzen. Mein Gott, der Typ scheint das richtig zu genießen. Sein Gesichtsausdruck lässt Unberechenbares erahnen. Er blutet aus seinem Schuh – ist ja klar, die Wunde, die Roland ihm verpasst hat, ist noch frisch. Hey, Moment mal! Ich glaube ich kriege gleich zu viel – das ist die Aufgabe, die noch nicht vollständig erledigt wurde. Erst nach dem Tod von Uwe kann der kleine Timmy seinen unendlichen Frieden finden! Denn erst dann sind beide Mörder tot.

Mark lief schon der Schweiß von seiner Stirn: *Die Minute ist gleich vorbei. Wenn uns nicht sofort was einfällt, war es das. Ich hab's – hoffentlich raffen die anderen es und steigen ein.*
Mark verdrehte seine Augen, stöhnte laut und ließ sich auf den Boden fallen wie ein nasser Sack – und blieb regungslos liegen.

Die Blackfin Boys kehren zurück in

IN DER GEWALT DES BERMUDADREIECKS

Das 4. Abenteuer

Mehr über Flynn Todd und die Blackfin Boys gibt es hier:

flynntodd.de   **blackfinboys.com**

GEWALT UND PORNOGRAFIE IM KLASSENCHAT

BLACKFIN BOYS (SHORT STORY)

„Ich bin ein guter Mensch.
Warum stinkt das hier nach Schwefel?"

Während Mark, Roland und Stiles im Wald nach weiterem Brennholz suchten, saßen die beiden anderen *Blackfin Boys* – Toby und Julius – gemütlich am Lagerfeuer. Der knallrote Himmel läutete den Sonnenuntergang ein. Toby war sichtlich geschockt, als er ein paar neue Nachrichten in einem WhatsApp-Gruppenchat abrief. Es war eine Gruppe, die im letzten Schuljahr gegründet wurde. Toby wollte den Kontakt zu einigen Freunden und ehemaligen Schülern nicht verlieren.

„Ich glaube, mir wird schlecht."

„Was ist denn los, Toby? Du bist ja ganz blass?!"

„Du glaubst nicht, was hier im Gruppenchat gepostet wurde, Julius."

„Das hört sich nicht gut an. Was sind denn das für schreckliche Geräusche? Schreit da jemand? Zeig mal her!"

„Nein, Juls, ich zeige es dir nicht, aber ich beschreibe es dir – ich mach nur schnell den Ton aus. Hier hat jemand ein Video gepostet, auf dem zu sehen ist, wie ein Mann einen kleinen Hund lebendig in kochendes Wasser wirft. Wieder und wieder, der Kleine kann nicht entkommen. Ich muss abbrechen, ich kann es nicht mehr ertragen. Dann hat jemand noch ein Bild gepostet. Ein kleines Mädchen, vielleicht fünf Jahre alt - die Kleine wird von zwei erwachsenen Männern... oh Gott. Ihre Augen sind verdreht. Sie blutet! Die Kommentare in der Gruppe dazu sind einfach pervers: Lol, grinsender Smiley, viele zwinkernde Smileys. Was sind das bloß für asoziale Schweine?"

„Du meinst die, die sowas produzieren, Toby?"

„Das sind wohl die größten Verbrecher, keine Frage, aber ich meine diejenigen, die sowas verbreiten, weiterleiten und tauschen. In meinen Augen sind das Mittäter, sie unterstützen mit diesem Verhalten die Urheber von Gewalt- und Pornovideos. Sie gehen nicht zur Polizei, nein, sie sorgen dafür, dass viele andere in ihrem Chatverlauf auf diese Videos aufmerksam werden. Die posten es dann wieder woanders – und so weiter, und so weiter. Weißt du, wer eigentlich *die* sind, Julius?"

„Ich weiß, was du meinst, Toby. *Die* sind selbst Kinder und Jugendliche! So wie ich das sehe, gibt es auf der einen Seite Kinder und Jugendliche, die missbraucht, gefoltert und gequält werden – vor laufender Handykamera. Auf der anderen Seite sind es aber auch Kinder und Jugendliche, die diese Videos in den Umlauf bringen."

„Ganz genau. In meinen Augen ist jeder, der Kinderpornografie weiterschickt, und die Polizei da raus hält, ein feiges

Arschloch! Wie sehr ich diese Leute hasse!"

Tobys Puls raste, und er hatte große Schwierigkeiten, ruhig sitzenzubleiben. Während er laut schimpfte und fluchte, tat er so, als würde etwas mit seinem Fuß sein. Er spielte völlig unbewusst mit seinen Zehen und kratze sich immer wieder am Knöchel.

„Ich hasse sie so sehr, dass ich richtig Magenschmerzen bekomme. Und warum hasse ich die? Weil diese Masse an Leuten sich dafür entscheiden könnte, diese Videos und Bilder nicht weiterzuleiten. Die haben die Macht, einfach NEIN zu sagen! Warum zur Hölle wird sich *dafür* entschieden? Das geht einfach nicht in meinen Schädel.

Ich kann mich noch gut an meine Cousine erinnern. Sie war elf Jahre jung, als sie im Klassenchat mit Kinderpornografie konfrontiert wurde. Und weißt du, was sie getan hat, Julius? Sie ist zu ihrer Lehrerin gegangen – aber nicht, um diese Verbrechen zu melden – nein, ein Mitschüler hatte auf dem Schulhof ihre Jacke zerrissen.

Ja, das ist natürlich wichtiger, als auf den Missbrauch eines Kindes aufmerksam zu machen! Als die Sache dann in der Schule herauskam, gab es riesen Trouble. Die Eltern gaben den Lehrern die Schuld und machten ihnen die Hölle heiß. Na ja, wenn man es genau nimmt, sind die Eltern schuld. Die drücken ihren Kindern schließlich das Smartphone in die Hand – und damit eine Eintrittskarte zum Wetterbericht, aber auch zu allen Perversionen dieser Welt! Natürlich in HD!

Die Freundin meiner Mutter erzählte neulich, dass selbst manche Kinder im Kindergarten mit einem Smartphone ausgestattet werden. Die Kleinen sollen ja erreichbar sein für die Eltern, falls mal was ist, wie es so schön heißt. Die denken tatsächlich, ein Smartphone sei zum Telefonieren da. Wer telefoniert denn bitte heute noch? Anrufe sind eine Belästigung. Es ist so, als wenn jemand unangemeldet vor der Tür steht und klingelt. Mann, die Eltern sind echt völlig ahnungslos. Vielleicht haben die aber auch überhaupt keinen Bock, sich damit zu beschäftigen."

Mittlerweile hatte Toby seinen Knöchel blutig gekratzt. Obwohl das Blut bereits an der Ferse herunterlief, stocherte er unnachgiebig mit seinem Finger darin herum, ohne dabei das geringste Anzeichen von Schmerz zu zeigen. Mit weit aufgerissenen Augen starrte Toby vor sich hin. Er blickte leicht benommen ins Leere und schien in einer völlig anderen Welt zu sein.

Julius nahm vorsichtig Tobys Hand und zog sie ganz langsam von seinem Fuß weg – ohne auch nur ein einziges Wort zu sagen. Dass an seinen Fingern das frische Blut von Toby klebte, machte Julius nichts aus. In der Vergangenen Zeit hatten die Jungs schon zu viel erlebt, da war ein bisschen Blut an den Händen nicht weiter schlimm. Julius wollte seinen Freund nicht unterbrechen. Ihm war klar, dass er zuhören musste, für Toby da sein, das hatte jetzt Priorität. Und der redete, und redete...

„Aber kommen wir auf meine Cousine zurück. Als sie gefragt wurde, warum sie das Video nicht gemeldet hat, erklärte sie ganz unbeteiligt, dass das Kind auf dem Video ja eine Fremde war – sie kenne sie ja nicht. Das hat sie gesagt. Aber dass sie unter gewissen Umständen selbst so eine Fremde hätte sein können, daran hat sie keinen einzigen Gedanken verschwendet."

„Was willst du jetzt tun, Toby?"

„Ich mache Screenshots und sende alles per E-Mail an die Polizei. Das muss zur Anzeige gebracht werden! Es gibt keinen anderen Weg! Immerhin dokumentieren diese Bilder und Videos schwere Verbrechen. Es sind widerwärtige Taten von widerwärtigen Menschen die bestraft werden müssen! Nicht nur das Produzieren, sondern auch das Weiterleiten von diesem Schund ist strafbar. Du kannst dafür sogar in den Knast gehen. Es ist wirklich so, verschickst du diese Videos oder Bilder, kannst du in den Knast gehen!"

Jetzt pult der schon wieder in seiner Wunde herum, der Kerl macht mich wahnsinnig, dachte Julius. *Gut, dann werde ich die Taktik ändern und dieses subversive Verhalten beenden.*

Zügig und selbstsicher griff Julius nach Tobys Hand und hielt sie fest. Toby ließ sich das gefallen, warf aber seinem Freund einen verwirrten Blick zu. Dieser dachte nicht daran, Tobys Hand loszulassen und verwickelte ihn sofort wieder in das zuvor geführte Gespräch um ihn abzulenken.

„Willst du die Anzeige eigentlich anonym machen?"
Toby erzählte weiter, doch jetzt tat er das wesentlich ruhiger als zuvor. Mit gedämpfter Stimme und einer Art, die der Gelassenheit schon sehr nahekam, antwortete er.

„Natürlich nicht, Juls, vielleicht benötigt die Polizei noch eine Zeugenaussage von mir, das wäre ja kein Problem. Den Gruppen-Chat werde ich natürlich verlassen und blockieren. Mit solchen Leuten will ich nichts zu tun haben. Mehr kann ich nicht machen. Aber einfach wegsehen, nein, dann wäre ich auch so ein kaltblütiger Mensch, dem das Leid anderer völlig egal ist! Außerdem hat die Polizei gewisse Möglichkeiten, um zu ermitteln. Möglichkeiten, von denen wir keine Ahnung haben. Wir sind eben keine Polizisten und haben auch nicht die entsprechende Ausbildung. Viele sagen immer, so eine Anzeige würde nichts bringen. In einigen Fällen bringt sie aber schon eine ganze Menge. In der Zeitung habe ich gelesen, dass die Ermittler den Ort des Verbrechens herausfinden können. Meistens sind es Dinge, die im Hintergrund des Videos zu sehen sind. Anhand der Steckdose kann zum Beispiel das Land bestimmt werden, oder irgend etwas, das im Hintergrund herumliegt, vielleicht eine Kekspackung einer bestimmten Marke, die es nur in bestimmten Ländern gibt. Da gibt es schon Möglichkeiten."

„Was meinst du, Toby, wieso werden solche Bilder und Videos überhaupt weitergeleitet? Ich meine, wenn mir jemand so etwas schicken würde, dann wäre die Freundschaft vorbei, außerdem würde ich das auch zur Anzeige bringen."

„Ach Julius, das sind ganz armselige Typen. Sie wollen Aufmerksamkeit, sonst nichts. Sie wollen, dass ihre falschen Freunde vor Begeisterung schreien und jubeln. Hm, ich stelle mir gerade vor, wie das wohl ablaufen könnte. Nehmen wir mal einen Typen, den nennen wir, ja, den nennen wir einfach mal Schnösel. Schnösel postet im Klassenchat ein Gewalt-Video. In seinem Kopf spinnt er sich wahrscheinlich Lobeshymnen zurecht und stellt sich vor, was andere über ihn sagen werden:

Hey, der Schnösel, der hat so ein krasses Video von einem Hund geschickt, der zu Tode gefoltert wird. Der Schnösel ist aber auch einer, hat immer so ein krasses Zeug, Alter. Der ist schon super-Cool und was ganz Besonderes. Den Schnösel, den respektiere ich von jetzt an, weil er immer sowas krasses findet und weiterleitet! Ohne ihn würden wir solche Dinge gar nicht mitbekommen! Wie gut, dass es den Schnösel gibt!

Na ja, er muss ja nicht Schnösel heißen, war nur so ein Beispiel. Außerdem könnte es auch ein Mädel sein. Woher kommt bloß dieser unwiderstehliche Drang, beliebt sein zu wollen und von allen gemocht zu werden?! Julius, wir leben in einer Welt, in der die wenigsten *besonders* sind. So ein *Schnösel* gehört ganz bestimmt nicht dazu, von mir aus auch keine *Schnöselin!*"

„Ich glaube, du hast recht, Toby. Diese Menschen sind so armselig, weil sie um jeden Preis auffallen wollen. Sie denken, wenn sie diese Videos und Bilder nicht verbreiten, nimmt keiner Notiz von ihnen. Solche Leute haben sonst nicht viel zu bieten. Sie sind unscheinbar, uninteressant. Aber eigentlich sind sie das überhaupt nicht. Sie wissen es nur nicht!"

„Genau das denke ich auch, Juls. Das Problem ist, manche wollen ins Rampenlicht, unbedingt – aber ohne etwas Großartiges leisten zu wollen. Ein provokanter Post im Chat ist bequem, geht schnell, und macht keine Arbeit. Durch etwas Gutes aufzufallen, das wäre viel zu anstrengend und uncool. Julius, ich sage es dir, die scheißen auf die Empfindungen ihrer Mitmenschen – und ohne es zu merken, scheißen sie auf sich selbst. Hauptsache jede Menge Likes. Likes sind wichtig. Habe ich viele Likes, bin ich der Chef, der Mann der Stunde, der Oberpisser. Genau dafür mutieren sie zu empathielosen Scheiß-Menschen. Traurig, aber wahr."

„Bisschen viel Scheiß in deiner Wortwahl, oder, Toby?!"

„Ist doch wahr, Mann! Was mich zusätzlich völlig aufregt ist die Tatsache, dass all diese Verbrecher – denn das sind sie durch ihre begangenen Taten – Rechte haben. Die haben die gleichen Rechte wie ein kleiner Ladendieb, der einen Lutscher geklaut hat. Na ja, eigentlich ist das ja ganz gut, dass jeder Mensch die gleichen Rechte hat. Manchmal geht mir das aber gegen den Strich. Manche Kinder und Jugendliche, die in diesen Videos sexuell missbraucht werden, überleben das nicht. Das musst du dir mal auf der Zunge zergehen lassen – kleine Mädchen und kleine Jungs werden so heftig vergewaltigt, dass ein Überleben fast ausgeschlossen ist. Sie sterben an den Verletzungen. Das denke ich mir nicht aus, Julius, ich habe schon einige Dokus über dieses Thema gesehen. Boah, Alter, mir geht es jetzt echt nicht gut. Richtig übel ist mir. Entsetzen, Trauer, Wut – das empfinde ich. Und das Publikum sieht zu, es sieht einfach zu und unternimmt absolut nichts. Ich verstehe das nicht."

„Du denkst an Timmy, richtig, Toby?"

„Ja, klar. Keiner von uns wird ihn jemals vergessen. Jetzt hat er seinen Frieden. Im Gegensatz zu seinen Peinigern."

„War das richtig, was wir mit seinen Mördern gemacht haben? Ich meine, wie du vorhin schon meintest, jeder Mensch hat doch gewisse Rechte. Zumindest sollte das so sein.

„Tja, ob das richtig war, bester Julius, wahrscheinlich nicht. Ich denke, wir haben oft nicht recht, aber wir sind dafür oft *gerecht*. Äußerst gerecht sogar. Glaube ich zumindest. Ich meine, was willst du denn mit Typen machen, die Spaß daran haben, Kinder zu foltern, ihnen mit einem Lächeln im Gesicht unendliches Leid zuzufügen? Was ist die gerechte Strafe für jemanden, der den Tod seiner Opfer in Kauf nimmt? Ich sage, so ein Mensch hat seine Rechte verwirkt. Durch solche Taten sollten sämtliche Rechte entzogen werden. Darf ich dich was fragen?"

„Klar Toby, was immer du willst!"

„Kannst du bitte meine Hand loslassen, Juls?"

„Oh, sorry, natürlich, Toby. Oh, das Blut hat unsere Hände leicht zusammenkleben lassen. Guck mal, da bilden sich kleine Blutfäden."

Toby war das egal. Mit einem verbitternden Grinsen biss er ein Stück seines Marshmallows ab, den er zuvor für einige Minuten dicht an die lodernde Glut des Lagerfeuers gehalten hatte. Die Oberfläche war bereits karamellisiert und hob den Teenager in den siebten Himmel der extremen Gaumenfreude. Diese Freude hielt jedoch nur wenige Sekunden an. Toby bemühte sich, die aufsteigenden Tränen herunterzuschlucken – vergeblich.

Obwohl die zwei Jungs dicht nebeneinandersaßen und gemeinsam in die Flammen des knisternden Lagerfeuers starrten, nahm Julius Tobys Empfinden sehr genau wahr.

Oh Mann, er leidet übelst, absolut kein stabiler Zustand, dachte Julius. So verletzlich ist er nur selten. Mich lässt diese ganze Sache aber auch nicht kalt, ich fühle mich eigentlich genauso wie er. Hm, ich glaube, ich lass mir das nicht anmerken – ich muss jetzt für ihn da sein. Das bin ich ihm schuldig, nach allem, was bisher gewesen ist.

Dann legte er seinen Arm um Toby, zog ihn zu sich heran und sagte:

„Komm mal her, mein Bester, es gibt doch so viel Gutes auf unserer schönen Welt. Oder was meinst du?"

„Überwiegend, mein Freund. Überwiegend. Das Richtige tun, einfach nur **das Richtige tun**", antwortete Toby schluchzend.

Sei wie Toby. Schau nicht weg!

Mehr Infos:
shockshit.de/schau-nicht-weg